# Flammenlicht

Von Luna Day

Flammenlicht

Auflage 2021

© Alle Rechte vorbehalten.

Das Werk und seine Teile sind urheberrechtlich geschützt.
Jede Nutzung in anderen als den gesetzlich zugelassenen Fällen
bedarf der vorherigen schriftlichen Einwilligung der Herausgeber.
Hinweis zu § 52 a UrhG: Weder das Werk noch seine Teile dürfen
ohne eine solche Einwilligung eingescannt und in ein Netzwerk einge-
stellt werden. Dies gilt auch für Intranets von Schulen und sonstigen Bil-
dungseinrichtungen.

Erschienen im Selbstverlag

Herausgeber:

Daniela Braune, Schißlerstr. 4, 86154 Augsburg

Lektorat: Tea Loewe

Korrektoret: Katharina Maier

Cover/Illustrationen: Viktoria Lubomski

© 2021

Herstellung und Verlag: BoD – Books on Demand, Norderstedt

ISBN: 9783753408439

Telefon:

Lunaday82@gmail.com

https://www.lunadayautorin.com/

# Buchbeschreibung:

Wie würdest du reagieren, wenn ein Drache vor dir stehen würde?

Seit dem Unfalltod ihrer Mutter lebt Fenja im Waisenhaus von Sankt Ursula. Sie kennt nur diesen einen Ort und verabscheut ihn. Alle positiven Gefühle in ihr sind erloschen so wie der Leuchtturm, den sie von ihrem Zimmerfenster aus sehen kann. Seit Jahren herrscht ein eisiger Winter. Erst der Neuankömmling Alec schafft es, Fenja eine andere Sicht auf das Leben zu geben. Bis er sie dazu überredet, aus dem Waisenhaus auszubüxen.

Der Ausflug entwickelt sich zu einer Flucht und plötzlich steckt Fenja ungewollt zwischen den Fronten eines Drachenkrieges. Nicht nur das: Ihre gesamte Vergangenheit wird in Frage gestellt. Nur sie selbst kann herausfinden, was in der Nacht, in der ihre Mutter starb, wirklich passierte.

Dieses Novelle entstand, weil mich die liebe Eva D. Black für die AutorenChallenge nominiert hat. Sie hat mir das Wort »Leuchtfeuer« gegeben.

Ich widme diese Geschichte allen,
die an Drachen glauben.
Sie sind da draußen.

# Inhaltsverzeichnis

Von unten schallten Stimmen zu mir hoch. Volle Sätze verstand ich nicht, aber einzelne Wörter drangen zu mir hoch. Ich verdrehte die Augen. Ein Neuer, der ihre Aufmerksamkeit auf sich zog, ein Haufen Scheiße wie die Fliegen. Mädchen, die entweder Tratsch suchten oder eine neue Beute. Jungs, die sich auf einen Kumpel freuten. Und ich musste mir das Ganze von meinem Fenster aus antun, weil dieses nicht nur auf das Meer, sondern auch auf den schneebedeckten Hof zeigte. Zum Glück war ich damals, als ich ins Waisenhaus gekommen war, zu klein, um diesen Tumult über mich ergehen lassen zu müssen.

Nun hatte ich noch ein Jahr, bis ich von hier weg konnte. Am liebsten wäre ich sofort gegangen – allein. Mit diesem Mädchenkram konnte ich nichts anfangen. Aber auch die Jungs hier waren nicht meine Welt. Da war es egal, ob sie jünger oder älter waren als ich.

Wenigstens mochte ich mein Zimmer im Waisenhaus von Sankt Ursula. Wenn ich den Namen hörte, dachte ich immer an die Hexe von der kleinen Meerjungfrau. Sicher, unsere Oberste Schwester hieß nicht Ursula, sondern Olga, aber oft stellte ich sie mir wie die gemeine hinterlistige Hexe vor, der ich gerne mal ein Stück Holz ins Herz gerammt hätte. Ob sie dann auch so zerplatzen würde?

Nicht nur ich nannte Schwester Olga so, auch die anderen flüsterten es sich zu. Sie schaffte es immer, gerade dann ums Eck zu kommen oder den Raum zu betreten, wenn man etwas anstellte.

Auf der verschneiten Straße kam ein VW-Bus an. Da saß der arme Wicht also drin, der sich hier einleben sollte. Ich beugte mich vor und sah mir die neugierigen Hühner an, wie sie noch mal Lippenstift auflegten oder ihre Haare richteten, während ihr Atem in der Kälte Wölkchen vor ihren Mündern bildeten.

›Die sind so doof‹, dachte ich mir.

Meist kamen doch eher jüngere Neuzugänge her. Kopfschüttelnd blickte ich die Küste entlang zu dem alten Leuchtturm. Schon seit ich denken konnte, faszinierte er mich. Noch nie war eine Flamme darin zu sehen gewesen. Vielleicht, weil bei der Kälte da draußen ohnehin kaum Schiffe fuhren. Eine zweite Eiszeit wurde es genannt. Aber einige Kinder im Waisenhaus munkelten, das Ganze hätte etwas mit der Magie der Drachen zu tun. Wieder andere behaupteten, die Macht eines Magiers sei daran schuld.

Wer wusste schon, was die Menschheit da zusammengesponnen hatte. Ich persönlich hatte bisher nur in meiner Vorstellung Hexen oder Magier gesehen, ganz zu schweigen von Drachen, Feen oder Meerjungfrauen. Aber es ließ sich nicht abstreiten, dass dieser ewige Winter, der jetzt schon seit Jahren herrschte, nicht normal war.

Unter meinem Fenster dröhnte die Hupe des VW-Busses. Neugierig blickte ich auf das freiwillige Empfangskomitee. Kaum erlosch das Geknatter des Motors, ging hinten schon die Tür auf. Ein hagerer, junger Mann stieg aus. Sein kurzärmeliges Shirt entblößte dünne Ärmchen. Eine feine Narbe war auf jedem Arm zu erkennen. Sie leuchtete weiß auf der gebräunten Haut und brachte mich dazu, die Ärmel meines Pullovers weiter herunterzuziehen. Sein schwarzes, mittellanges Haar mit dem roten Schimmer erinnerte mich an mein eigenes, nur dass meines einen blauen Stich hatte.

Als der Neue seinen Rucksack schulterte, ging sein Blick wie selbstverständlich zu mir nach oben. Grüne Augen, die von einem gelblichen Schimmer durchzogen waren, starrten herauf. Seine Lippen verzogen sich zu einem Grinsen.

Ich zeigte ihm den Mittelfinger. Was dachte er denn? Dass ich auch zu einem seiner Groupies werden würde? Da sollte er sich an die anderen halten. Ich brauchte diesen Scheiß nicht. Freundschaft war eine Illusion! Das hatte ich nicht nur einmal erlebt. Angebliche beste Freundinnen, die der anderen Steine in den Weg legten oder hinter ihrem Rücken schlecht über sie redeten. Genauso ein Scheiß war Liebe. Wir waren einfach zu jung, um wirklich Liebe zu empfinden. Und das sagte ich als eine Siebzehnjährige.

Sicherlich hielten einige hier zusammen; die waren aber meistens verwandt oder miteinander hergekommen. Das hatte mich wohl das Waisenhaus am ehesten gelehrt: Kämpfe alleine, dann bist du am sichersten!

Es klopfte hinter mir und ich wandte mich zur Tür um.

»Was?«, brummte ich.

Schwester Andrea sah zur Tür herein. »Wir haben Zuwachs! Du weißt, was das heißt!«

Ich verdrehte wieder die Augen. Singen und begrüßen, als ob es das besser machen wurde.

»Ich bin dumm und du noch dümmer, willkommen in der Irrenanstalt.«

»Fenja«, sagte sie tadelnd.

Schnaubend stand ich auf. »Schon gut.«

»Nichts schon gut, du solltest dich entschuldigen.«

»Bei wem?«

Schwester Andrea holte Luft, schüttelte aber den Kopf. Ihr war genauso klar wie mir, dass ihre Belehrungsversuche mir vollkommen egal waren. Einige graue Strähnen lösten sich aus ihrer Kukulle. Ihre Finger streiften über das schwarze Gewand bis hinauf zu dem Kreuz um ihren Hals.

»Bei mir, weil ich für Gott arbeite und nicht für …« Sie faltete ihre Hände. »Fenja, du siehst das alles einfach zu negativ. Und jetzt komm!«, sagte sie lächelnd und verließ mein Zimmer.

Mir war schon klar, was sie sagen wollte: Nicht für den Staat. Aber im Grunde tat sie es ja doch. Wir wurden staatlich gefördert. Auch, wenn es niemand aussprach. Man log schließlich nicht. Die Frage, ob Schönreden besser war, hatte mir bislang niemand beantwortet.

Langsam folgte ich Schwester Andrea den Gang entlang zu der Treppe, die nach unten führte. Auf dem mittleren Absatz blieb ich stehen und setzte mich auf die Steinstufen. Unten im Eingangsbereich standen an die dreißig Kinder und die zehn Schwestern des Waisenhauses, um den Neuen willkommen zu heißen. Ganz unten hatte sich der Chor versammelt und trällerte ein Begrüßungslied. Die beiden Jungs, die in meinem Alter waren, lehnten an der Wand nahe der Eingangstür. Sie sahen genauso gelangweilt aus wie ich. Justin und Tim waren wie ich einfach schon zu lange hier. Wir machten da keinen großen Aufriss mehr. Vielleicht lag es bei den beiden Jungs auch daran, dass sie bald achtzehn wurden und hier ausziehen durften in eine eigene WG. Leider dauerte es bei mir noch ein paar Monate, bis ich dem Laden hier ›Auf Wiedersehen‹ sagen konnte.

Endlich war das Gejaule zu Ende. Leider folgte gleich darauf der nächste Ärger. Jetzt mussten wir uns vorstellen, natürlich die Älteren ganz vorbildlich als Erstes. Als wenn wir so viel Lust darauf hätten!

»Willkommen, Alec«, schallte die Stimme von Oberschwester Olga durch die Eingangshalle.

»Hallo«, kam von dem hageren Neuankömmling, diesem Alec. Ich hörte die Jüngeren in meiner Nähe schon flüstern, wie toll er aussah.

Jetzt waren die Zwillinge dran.

»Justin«, stellte sich der eine Bruder knapp vor, »willkommen in Sankt Ursula.«

»Tim«, vernahm ich vom anderen.

»Fenja?«, rief Schwester Olga mich. Na, bravo!

Wie auf Kommando gingen alle einen Schritt beiseite und gaben den Blick auf mich frei. So konnte ich Schwester Olga neben diesem Alec stehen sehen. Ihre eisblauen Augen wirkten durch das Hellgrau ihrer Haare noch intensiver. Ihre dürren Finger zeigten an, dass ich vortreten sollte. Ich zog die Ärmel meines Pullovers über die Handrücken und erhob mich.

»Meinen Namen hast du ja gerade gehört«, gab ich von mir.

»Fenja«, zischte Schwester Olga.

»Da, schon wieder.«

»Anstand!«

Seufzend ging ich die restlichen Stufen hinunter. »Hallo«, fing ich an zu säuseln. »Ich bin Fenja. Tut mir leid, dass du hier in der Hölle gelandet bist.«

»Fenja«, quiekte Schwester Olga und schlug ein Kreuzzeichen, ihren Rosenkranz küssend. »In die Kirche, Buße tun!«

Ich hatte mit allem gerechnet, aber nicht damit, dass Alec in schallendes Gelächter ausbrach. Während ich von Schwester Olga mit einem festen Griff um mein Handgelenk hinaus zur Kirche gezogen wurde, konnte ich den Neuen nur mit gerunzelter Stirn ansehen.

Natürlich konnte ich mich vom Abendessen verabschieden, denn bei so einer Schandtat ließ Schwester Olga nicht mit sich scherzen. Aber mir machte es nichts aus. Ich hatte mir angewöhnt, Obst in meinem Zimmer zu hamstern. Immer wenn und wir frisches hatten, landete etwas davon in meiner Pullovertasche, sobald keiner hinsah.

So saß ich am Fenster in meinem Zimmer und starrte auf die Wellen. Eine Bewegung auf dem Hof ließ mich nach unten sehen. Dieser Alec verstieß schon am ersten Tag gegen die Regeln. Einerseits dumm, andererseits brachte es mich zum Lachen.

Sein Blick richtete sich nach oben. Als er mich bemerkte, grinste er. Seufzend wandte ich mich ab und legte mich auf mein Bett.

Kurz vor zehn kam Schwester Olga und fragte, ob ich etwas dazugelernt hätte. Meine Antwort, dass es in der Hölle vermutlich schöner sei als hier, gefiel ihr nicht. Ihre Lippen pressten sich aufeinander und im Grunde konnte ich froh sein, dass sie nicht wirklich eine Hexe war.

»Fenja, wir sind für dich da, seit Jahren, ich verstehe deinen Hass einfach nicht.«

»Lasst mich in Ruhe, mehr will ich doch nicht.«

»Strafdienst«, befahl sie. »Morgen wirst du die Kirche fegen und durchwischen.«

*Na, zum Glück kein Beten,* ging mir durch den Kopf. »Wie Sie meinen«, sagte ich laut.

»Und du wirst dich bei Alec entschuldigen!«

Ich starrte sie an. »Warum?«

»Weil das hier keine Hölle ist, du hast gelogen.« Sie legte ihre Hand auf meine Schulter.

Ich runzelte die Stirn. »Hä?« Wollte sie mich verarschen?

»Gott wacht über dich.«

Warum klang das für mich wie eine Ausrede?

»Ah ja?«

Endlich nahm sie die Hand weg. »Fenja, auch wenn dir das hier wie eine Hölle vorkommt, sind wir wie eine Familie. Die kann man sich nicht aussuchen.«

Ich zuckte mit den Schultern. Sicherlich, Schwester Olga war zwar streng, aber man konnte sich auch an sie wenden, wenn man wollte. Doch sie verstand mich nicht. Schon als ich klein war, hatte ich das Gefühl gehabt, einfach anders zu sein als die meisten hier. Aber Schwester Olga schob mich immer zu den anderen.

»Ich will doch nur meine Ruhe.«

Sie seufzte laut. »Weißt du, Fenja, statt sich gegen alle abzuschotten, könntest du mal genauer hinsehen. Dann würdest du vielleicht merken, dass ein paar von denen, die hier leben, mehr mit dir gemein haben als du denkst.«

»Nicht wirklich!«

»Oh doch.«

»Und wer?«

Sie schmunzelte. »Das verrat ich dir nicht.« Sie machte

einen Schritt zur Tür. »Aber unser Neuzugang braucht deine Unterstützung.«

»Das bezweifle ich«, murrte ich. Doch sie ging einfach hinaus. Entweder hatte sie mich nicht gehört oder sie wollte ignorieren, was ich gesagt hatte.

Ich setzte mich ans Fenster zurück und starrte zum Turm. Ich hasste Schwester Olgas kryptische Aussagen. Warum sollte dieser Alec mich brauchen? Oder hatte sie damit sagen wollen, dass er mir ähnelte? Dem ersten Anschein nach war er eher genau das Gegenteil von mir. Immer gut gelaunt und beliebt.

Ich schüttelte den Kopf. Mich gingen andere nichts an und ich wollte nicht, dass sich jemand für mich interessierte.

Am nächsten Morgen saß Alec im Frühstückssaal den Zwillingen gegenüber, somit an meinem Tisch. Was mich genervt aufstöhnen ließ, denn das bedeutete, dass er in meiner Klasse war. Toll!

Ich zog den Stuhl unter dem Tisch hervor und nahm Platz.

»Hey, guten Morgen«, kam gleich von ihm.

»Morgen sind nie gut«, brummte ich.

Ich hörte, wie Holz über die alten Steinplatten kratzte. Als ich aufsah, war Alec näher zu mir gerutscht.

»Ich wollte mich vorstellen, ich bin ...«

»Nicht interessiert«, unterbrach ich ihn. Beim Zurücklehnen griff ich nach einem Apfel und tat ihn in meine Pullovertasche. »Also spar dir deinen Atem.«

Einer der Zwillinge lachte. »Wir haben dich gewarnt.«

Mein Blick huschte zu den beiden Jungs. Während Tim

wenigstens versuchte, nicht zu lachen, tat Justin es offen.

»Sie ist eben unsere feurige Eisprinzessin«, meinte er grinsend.

Ich streckte ihm die Zunge raus. »Ich will einfach meine Ruhe.«

Alec klang amüsiert, als er sagte: »Sie ist stur, genau wie ich es mir dachte.«

Ruckartig wandte ich mich ihm zu. »Du kennst mich nicht«, knurrte ich.

Er öffnete den Mund, als wollte er widersprechen.

Ich ließ ihn gar nicht erst zu Wort kommen. »Verzieh dich einfach!«

Sein Blick ging zum Schwesterntisch. »Fi, du kannst sagen, was du willst.« Er wandte sich wieder zu mir. »Mich kannst du mit deiner Art nicht vertreiben.« Er zwinkerte mir zu und stand auf. »Wir sehen uns, Fi.«

Ich wollte ihm nachbrüllen, dass er seine Klappe halten sollte, aber ich schwieg doch lieber. Nicht nur, weil ich kein Bock auf das Beten hatte, sondern auch, weil in dem Augenblick mein Arm gegen etwas stieß. Verwundert bemerkte ich einen Apfel. Hatte Alec mir seinen überlassen? Erst überlegte ich mir, das Obst liegen zu lassen. Andererseits wusste ich, dass Zimmerarrest ohne Essen schmerzlich sein konnte. Genauso klar war mir, dass mich Alec noch sehr oft auf die Palme bringen würde und dass beten oder die Kirche wischen nicht, als Bestrafung ausreichen würde.

»Hey, Fenja, beeil dich, in zehn Minuten ist Unterricht«, sagte Tim.

Schnell schmierte ich mir ein Erdbeermarmeladenbrot,

griff zu dem Apfel und eilte nach oben. Ich versteckte das Obst in meinem Schrank, griff zu meinen Büchern und rannte in den Flügel, wo sich die Klassenzimmer befanden. An der Tür hätte ich am liebsten das gegessene Brot ausgewürgt. Alec saß auf meinem Stuhl.

»Hey!« Wütend stapfte ich zu ihm. »Das ist mein Platz, setz dich gefälligst wo anders hin!«

»Und wo?« Er zeigte um sich.

»Mir egal!« Sollte er sich doch auf den Boden setzen oder auf eines der Sideboards am Rand.

»Gibt es ein Problem?«, hörte ich Schwester Andrea hinter mir.

»Er ...!«

»Ich weiß«, unterbrach sie mich. Langsam drehte ich mich zu ihr und funkelte sie böse an.

»Justin holt einen Stuhl, ihr teilt den Tisch.«

Immer noch starrte ich sie verständnislos an.

»Schwester Olga weiß Bescheid.« Schwester Andrea klatschte in die Hände. »Und endlich können wir Partnerarbeiten im Chemieunterricht durchführen.«

Sie strahlte vor Freude und ich hätte gerne einen Eimer gehabt.

»Nein«, keuchte ich und schüttelte dabei den Kopf.

»Doch.«

»Aber ...«

»Du bist bald erwachsen, dann hast du eine Verantwortung nicht nur dir gegenüber. Also gewöhn dich daran.«

Zähneknirschend musste ich es hinnehmen; etwas anderes blieb mir nicht übrig. Justin stellte mir einen Stuhl hin und ich ließ mich darauf fallen. Natürlich war die erste Aufgabe die angedrohte Teamarbeit. Während ich den Versuch von letzter Woche aufbaute, saß Alec da und ich spürte seinen Blick auf mir.

»Ist was?«

»Ich freu mich nur, dass du da bist.«

Ich runzelte die Stirn. »Ah ja.« Als ich alles aufgebaut hatte und ihn gerade einweisen wollte, knallte es an einem der anderen Tische. Rauch verdunkelte den Raum.

»TIM«, rief Schwester Andrea entsetzt aus.

»Sorry!«

»Alle raus!«

Zu gerne tat ich ihr den Gefallen. Bevor ich losrennen konnte, griff Alec nach meinem Arm und zog mich vor die Tür.

»Lass mich los«, keifte ich ihn an.

»Ich will dich nur beschützen«, sagte er.

»Vor was? Einem Rauchmonster?«, gab ich sarkastisch von mir.

Er wischte sich über das Gesicht. »Ich hab es wohl übertrieben.«

»Ach echt?« *Der spinnt doch!*

»Es tut mir leid, manchmal habe ich das Gefühl, ich muss etwas gutmachen.«

Ich runzelte meine Stirn. »Was für einen Mist redest du da?«

Antworten konnte er nicht mehr, denn die Tür ging auf. Der gesamte Raum war frei von Qualm. Auch der üble Gestank hatte sich restlos verzogen. In der kurzen Zeit? Komisch.

»Passt dieses Mal besser auf!«, brummte Schwester Andrea und fixierte die Zwillinge. Die Fenster standen weit offen, als wir uns setzten. Ich arbeitete seufzend an meinem Versuch weiter.

In der Mittagspause hockte ich an unserem Tisch. Während ich gedankenverloren Spaghetti aß und über den Vormittag nachdachte, sah ich, Alec an einem Tisch der Jüngeren sitzen. Er schien beliebt zu sein. Das Mädchen der Stufe unter uns schmachtete ihn zumindest an.

Alecs Blick ging zu mir. Er lächelte, wirkte aber traurig. Kopfschüttelnd wandte ich mich wieder meinem Essen zu. Warum musste er in diesem Augenblick zu mir sehen?

Tim und Justin setzten sich zu mir.

»Ich habe keine Ahnung, warum, aber dich mag er«, sagte einer der beiden.

»Von wem oder was sprecht ihr?«, fragte ich die Zwillinge.

»Alec«, meinte Justin.

»Mir wurscht«, brummte ich. Trotzdem hoben sich ganz kurz meine Mundwinkel. »Wo wart ihr?«

»Wo wohl? Beten.« Justin verdrehte die Augen und sah zu seinem Bruder, der ihn breit angrinste.

»Ich habe Hunger«, hörte ich da Alec sagen. Sein Stuhl kratzte über den Steinboden. »Gibt es nur diese Pampe?«

»Gewöhn dich dran«, kam von Tim. »Richtiges Fleisch ist hier selten.«

»Ich bin satt«, sagte ich. »Bis später.«

Schnell ging ich aus dem Saal, gab den Teller in der Küche ab und lief zur Bibliothek. Einer der Orte, die selten besucht wurden. Entweder kamen die anderen Schüler nicht hierher oder ließen sich den Lernstoff mitbringen. Dass jemand hier saß und las, war selten. Mein Platz am Fenster war somit immer frei.

Ich legte das Schulzeug auf den Tisch und schaute hinaus. Leider konnte ich von hier aus nicht das Meer und den Leuchtturm sehen. Den Waldrand, der zu unserem Grundstück gehörte, hingegen schon. Er gefiel mir sehr. Ich suchte mir das Buch zum Thema ›geladene Teilchen‹ und setzte mich. Vielleicht bekam ich es durch Büffeln hin, dass dieser dämliche Versuch funktionierte.

**3**

Eine Bewegung am Waldrand ließ mich von meinem Buch aufblicken. Zu meinem Erstaunen sah ich den Neuen in den Wald laufen. Das war verboten. Hatte Schwester Olga ihm die Regeln nicht erklärt? Unwahrscheinlich. Sie war in dieser Hinsicht über allen Maßen streng.

Ich biss mir auf die Lippe. Sollte ich ihn warnen und riskieren, dass ich eine weitere Strafe bekam? Andererseits hatte Schwester Olga mir gesagt, er bräuchte meine Hilfe. Kurz schoss mir die Frage durch den Kopf, warum mich das denn auf einmal interessierte? Aber darauf hatte ich keine Antwort, daher stand ich auf und packte meine Sachen zusammen. Beim Hinausgehen zeigte ich der Schwester hinterm Tresen das Buch, das ich mitnehmen wollte, und lief aus dem Haus.

Da kam mir Schwester Olga mit Alec im Schlepptau entgegen. »Wo willst du hin?«, fauchte sie mich an.

»Frische Luft«, log ich.

»Rein mit dir!«

Ich nickte und folgte ihrem Befehl. An der Tür hörte ich die Gardinenpredigt, die über den Neuen erging.

»Zimmerarrest!«, beendete Schwester Olga ihre

Schimpftirade. Ich eilte die Treppe hinauf. Wäre ja noch schöner, wenn er gesehen hätte, wie ich lauschte!Am Ende dachte er noch, ich machte mir um ihn Sorgen.

Der Vorfall hatte Alec nichts von seiner Heiterkeit genommen. Er saß lachend am Tisch, als ich ins Klassenzimmer kam.

»Hey, Fi.«

»Ich heiße Fenja!«

Er winkte ab, was mich wieder saurer machte.

»Hilfst du mir mit Mathe?«, fragte er.

»Nein«, giftete ich und ließ mich auf meinen Stuhl fallen. Aber da hatte ich die Rechnung ohne Schwester Andrea gemacht. Teamarbeit. Langsam bekam ich einen Würgereiz bei diesem Wort. Alec schien es zu freuen. Auch meine Bitte, Partner zu tauschen, wurde eisern verneint.

»Man könnte meinen, du magst mich nicht«, flüsterte Alec mir zu.

»Falsch.«

»Echt?«

»Ja!« Ich wandte mich an ihn. »Ich mag niemanden.«

Selbstsicher lehnte er sich zurück. »Wenn du meinst.«

Seine Art brachte mich zum Explodieren, mehr als alle anderen. Es war wie eine traurige Wut tief in mir, die ich noch weniger verstand als ihn.

Zu meiner Verwunderung setzte sich Alec beim Abendessen trotz Zimmerarrest an unseren Tisch. Die Zwillinge sahen genauso verdutzt aus wie ich.

»Darf nur essen«, antwortete er, als Justin ihn fragte.

24

Ich blickte zu Schwester Olga, besser gesagt zu ihrem leeren Platz. Das war merkwürdig. Sie hatte in all den Jahren nicht ein einziges Mal gefehlt.

»Fi?«

Ich verdrehte die Augen und versuchte, Alec zu ignorieren. Ihm schien es egal zu sein, weitere viermal sprach er mich mit diesem Namen an, bis ich aufstand und einfach ging. Schritte hinter mir ließen mich vermuten, dass er mir folgte. Ich drehte mich um.

»Was ...?«

Erschrocken sah ich Schwester Andrea vor mir stehen.

»Entschuldigung, ich dachte ...«

»Ich weiß, was deine Vermutung war, und es lässt sich ja nicht von der Hand weisen, dass es hätte sein können. Ich wollte dich an deine Strafe erinnern.«

»FFFF...« Ich sollte lieber nicht weiter sprechen, der Fluch hätte mich mehr zufolge.

Schwester Andrea zog eine Augenbraue hoch. »Vergessen?«

»Ja.« Innerlich mosernd ging ich in die Kirche.

Als ich nach getaner Arbeit wieder in das Stockwerk kam, in dem mein Zimmer lag, bemerkte ich, dass bei Alec der Fernseher lief. Unmöglich. Er durfte doch gar keinen haben? Galten denn Strafen neuerdings für ihn nicht mehr? Das war der Tropfen, der das Fass für mich zum Überlaufen brachte. Ich hasste ihn aus tiefstem Herzen.

Die Tage danach versuchte ich, ihn zu ignorieren, was er mir nicht leicht machte. Ständige schwänzelte er um mich herum. Manchmal sah ich ihn mit jüngeren Mädchen, was mich komischerweise wütender machte. Aber da ich keine Hexe oder Zauberin war, musste ich seine Gegenwart und sein Gehabe einfach hinnehmen.

Knapp einen Monat nach Alecs Einzug war der Abschiedstag der Zwillinge gekommen. Mich nervte das Ganze noch mehr als das Willkommenheißen. Nicht, dass ich groß etwas daran ändern konnte. Zum Glück passierte das Kommen und Gehen nicht jedes Mal so kurz hintereinander.

»Hey, Fi!«, rief Alec mir zu, als ich die Treppe hinauf in mein Zimmer gehen wollte. Wie ich diesen Spitznamen hasste!

»Kommst du nicht mit zur Abschiedsfeier?«

Ich wandte mich auf den Stufen zu ihm. Er stand am Treppenanfang der Eingangshalle.

»Und was soll ich da?«

»Vielleicht dich von den beiden verabschieden? Außerdem sitzt du eh immer allein in deiner Dachkammer?«

Entgeistert starrte ich ihn an. »Ich bin gerne allein. Und soll ich dir verraten, warum?«

Sein Mundwinkel zuckte nach oben und er sah mich erwartungsvoll an. »Erzähl es mir.«

Ich verschränkte meine Arme vor der Brust. »Damit Deppen wie du mir nicht auf den Geist gehen.«

Er grinste mich breit an. »Ach Fi, ich könnte dir deine Entrüstung fast abkaufen.«

»Ich heiße Fenja, du Trottel!« Kaum hatte ich das gesagt, hallte mein Name von der obersten Stufe zu mir herüber.

»Fenja, zehn Ave-Maria. JETZT!«, kreischte Schwester Olga. Mit geballten Fäusten und aufeinandergepresstem Kiefer marschierte ich die Treppen wieder hinunter und hinaus in den Hof. Merkwürdigerweise kam Alec mir hinterher.

Im Hof wandte ich mich zu ihm. »Was wird das, wenn es fertig ist?«, ging ich ihn an.

»Dir Gesellschaft leisten.«

Immer mehr verkrampften sich meine Finger. »Nicht erwünscht.«

»Hör zu, wir …«

»Es ist mir egal«, unterbrach ich ihn. »Geh dahin, wo du hergekommen bist, und lass mich in Ruhe«, zischte ich zwischen den Zähnen hindurch.

»Könnte ich, will ich nicht.«

Mein Mund stand offen. Ein paarmal musste ich nach Luft schnappen. »Wie bitte?«, brachte ich dann verständnislos hervor.

»Na, ich gebe mich lieber mit dir ab, das ist das kleinere Übel.« Dreist zwinkerte er mir zu.

Ich wurde sauer und schrie ihm in sämtlichen Sprachen, die mir in dem Moment einfielen, Beleidigungen an den Kopf. Es war mir einerlei, dass mein Ausbruch Essensverbot oder sonst irgendeine Strafe für mich nach sich ziehen würde. Alec schienen die Beleidigungen vollkommen gleichgültig zu sein. Er stand da und ließ die Schimpftriade über sich ergehen. Genau das machte mich noch wütender.

»Es tut mir leid!«, rief er dazwischen. Meine Triade wurde unterbrochen. Ich konnte ihn nur verständnislos ansehen.

»Der Stein sollte dich nicht treffen!«

»Von ...« Ich wollte ihn fragen, was er da jetzt schon wieder von sich gab. Sicherlich lagen genug Steine hier auf dem Weg zur Kirche, die er sich hätte greifen können. Aber weder hatte er sich gebückt noch eine Wurfbewegung gemacht.

Da hörte ich eine Schwester hinter mir fauchen: »Alec, zwanzig Ave-Maria und ohne Essen ins Bett. Dazu will ich einen Aufsatz von dir, warum wir nicht mit Steinen werfen! Und Fenja, zehnmal Buße.«

Hatte er gerade gelogen, damit ich keine schärfere Strafe für die Beschimpfungen bekam, die ich ihm an den Kopf geworfen hatte? Da ich ihn dumm anstarrte und nur Augen für ihn hatte, konnte ich nicht sagen, welche Schwester da so streng mit ihm war und wo sie plötzlich hergekommen war. Stimmlich quiekte sie wie eine der jüngeren. Mir war klar, warum Alecs Strafe viel höher ausfiel als die für meine Vulgärsprache. Vor ein paar Wochen hatte es eine Schneeballschlacht gegeben, ein Stein hatte dabei ein kleines Mädchen mit Brille getroffen. Das Brillenglas ging kaputt, sie bekam einem Splitter davon ins Auge und musste operiert werden.

Alec nickte und sah mich an. »Na komm, wir sollen beten.«

Er hätte protestieren können, hätte sagen können, dass er

gelogen hatte, und dann hätte nur zehnmal Buße für die Lüge bekommen. Aber er tat es nicht. Warum?

»Das ändert nichts daran, dass ich dich nicht leiden kann«, brummte ich. Am liebsten hätte ich gefragt, warum er mich gerade beschützt hatte. Wenn ich ehrlich zu mir selbst war, wusste ich aber, dass mir seine Antwort nicht gefallen würde. Noch nie hatte jemand eine Strafe für mich auf sich genommen.

»Na, doch.«

»Ach ja?«

»Wir müssen zusammen beten«, gab er grinsend von sich.

Ich verdrehte die Augen und ließ ihn stehen. Die Vorstellung, dass er mir geholfen hatte, wurmte mich. Ich war mir nicht mal sicher, ob das einer von den anderen gemacht hätte. Wieso hatte Alec es getan?

Als ich am Abend am Tisch meines Jahrgangs saß, war ich glücklich. Keiner, der schmatzte, keiner, der schlürfte oder mit dem spielte, was die Schwestern Essen nannten. Letzteres bestand heute aus einem undefinierbaren Erbsensuppenbrei, ein paar trockenen Brotscheiben und Wurst mit Käse. Justin hätte die Scheibe zerrissen und in die Suppe getan. Tim hätte sich eine Freude aus der Pampe gemacht und sie, wenn keiner hinsah, im Saal verteilt.

Es war erholsam, bis mein Blick auf den Stuhl mir gegenüber fiel, wo Alec sonst saß. Ich hatte erwartet, dass er seine Masche wieder durchziehen würde und essen durfte. Aber heute kam er nicht und es war meine Schuld. Mein schlechtes Gewissen war größer als meine Wut auf ihn.

30

Ich biss mir auf die Lippe. Schlagartig war mir der Hunger vergangen. Kurz schielte ich zu dem Tisch der Schwestern. Zum Glück schenkten sie mir keine Beachtung. Ich steckte ein paar Brote in meine Pullovertasche. Wie ich Wurst oder Käse zu Alec schaffen sollte, ohne dass es ekelig wurde, war mir unklar, darum ließ ich es bleiben.

Auf dem Weg zu den Treppen entdeckte ich ihn an der Küchentür. Er schlürfte Suppe. Das ließ mich wieder wütend werden, diesmal auf mich selbst.

Er grinste mich schief an. »Schleimen kann ich«, erklärte er und deutete auf die Suppe.

Verkrampft hielt ich die Brotscheiben in meiner Faust. »Schön«, brummte ich und ging an ihm vorbei.

»Fi!«, hörte ich ihn hinter mir.

»Was?«

»Ich hatte Hunger und …«

»Und was?« Ich schloss meine Lider, in diesem Moment war ich einfach zu wütend, um mit ihm zu diskutieren. »Vergiss es, deine Spielchen sind mir egal, lass mich in Ruhe.«

»Fi!«

Ich lief weiter. Es war mir gleichgültig, was er mir sagen wollte. Ich nahm zwei Stufen auf einmal, um in mein Zimmer zu kommen. Auf der ersten Etage hatte er mich eingeholt.

»Warte doch mal.«

»Ich bin …«

Er schüttelte den Kopf. »Das siehst du falsch.«

»Ach ja?« Ich zog eine Augenbraue hoch.

»Klar.«

»Und warum?« Um Abstand zu gewinnen, verschränkte ich meine Arme vor der Brust. Ich hatte aber vergessen, was sich in meiner Faust befand. Brotkrümel verteilten sich auf dem dunklen Läufer.

»Du bist süß, weißt du das?«

»Was?«, fragte ich verwirrt.

Er schob die Brotkrumen mit dem Fuß beiseite. »Hätte ich gewusst, dass du mir was bringst, hätte ich gewartet.«

»Das war für mich!« Ich wollte nicht, dass er das Offensichtliche dachte.

»Wenn du meinst«, sagte er und sein Lachen verriet, dass er mir nicht glaubte. Ich hatte noch nie zuvor Scham empfunden, aber in diesem Moment wollte ich, dass sich die Erde auftat und mich verschluckte.

Der Gong der Turmuhr ließ mich mich umdrehen und schnellstmöglich in mein Zimmer verschwinden. Mein Herz klopfte mir gegen die Rippen. Das nagende Gefühl, mich zum Affen gemacht zu haben, biss sich an mir fest wie ein Jagdhund in seine Beute.

Ich setzte mich an mein Fenster und starrte ins Dunkel zu dem Leuchtturm hinüber. Kein Licht ging von ihm aus, und doch wusste ich, dass er da war. Er fristete wie ich einsam sein Dasein. Wir brauchten niemanden.

Ich wusste nicht, was sich an diesem Abend zwischen Alec und mir verändert hatte, aber etwas war passiert. Sicherlich nervte er mich immer noch. Doch ich hatte mir bisher nie Gedanken um jemand anderen gemacht. Ich hatte höchstens ein schlechtes Gewissen gehabt, wenn es so aussah, als ob jemand Probleme hätte. Aber bis ich mich dann überwunden hatte, war demjenigen immer bereits geholfen worden.

Alec war da anders. Er hatte nie ein schlechtes Gewissen, außer es ging um mich. So erschien es mir zumindest. Er brachte mich gerne dazu, ihn anzuschreien; sobald er jedoch merkte, dass eine der Schwestern in der Nähe war, log er und übernahm für mich die Strafe. In dieser Hinsicht hatte er einen siebten Sinn. Aber als noch schlimmer empfand ich, dass er bei jeder Kleinigkeit meinte, mich beschützen zu müssen. Wie oft ich deswegen in Rage geriet, konnte ich gar nicht mehr an den Fingern abzählen. Und er ließ alles über sich ergehen. Ihm schien es egal zu sein; er nahm die Strafen der Schwestern grinsend an.

Vielleicht lag es daran, dass wir im Falle einer Strafe oft Zeit miteinander verbrachten. So wie heute. Ich musste beten, er die Kirche durchwischen. Die Kälte zog mir unter die Kleidung und in der Luft mischten sich der Geruch von Weihrauch und Desinfektionsmittel.

»Und?«, fragte er mich, als er mit seinem Mopp zum gefühlt hundertsten Mal den Gang vor mir putzte.

»Was und?«

»Na, meine Frage, bevor du wieder explodiert bist.«

»Brauchst du da wirklich eine Antwort?«

Er lehnte sich auf den Mopp . »Okay, dann komme ich heute Abend eben zu dir und wir schauen einen Film an.«

Ich sah über die Schulter. Wir waren allein.

»Bist du vollkommen bekloppt?«, fragte ich ihn. Seine Antwort war ein Grinsen, wie immer. Ich zeigte ihm den Mittelfinger, brummte ein »Vergiss es« und ging hinaus.

Eine der Schwestern, die gerade in die Kirche wollte, sah mich erstaunt an. »Schon fertig?«

»Ja«, log ich. Klar, dass ich von den fünfzehn Gebeten, die ich zur Strafe bekommen hatte, nicht mal ein Drittel geschafft hatte. Ich wollte einfach weg von Alec.

Die Schwester musterte mich, und mir war klar, dass sie mir kein Wort glaubte, aber beweisen konnte sie es nicht. Sie wiederum wusste sicher, dass Alec meine Aussage entweder bestätigen oder nichtwissend mit den Schultern zucken würde. Er hatte diese spezielle Art, mit den Schwestern umzugehen. Sie glaubten ihm alles.

Kurz nach acht ging meine Zimmertür auf. Von meinem Fensterplatz aus blickte ich Alec entgegen. Spielte mir mein Gehirn etwa einen Streich? Er kam schmunzelnd auf mich zu und setzte sich auf mein Bett.

»Was machst du hier?«, fragte ich ihn.

Wie immer grinste er mich an. Verwundert stellte ich fest, dass er leicht gerötete Wangen hatte.

»Ich weiß, du hast nein gesagt. Ein klitzekleiner Funke in mir hofft trotzdem, dass du Erbarmen hast.«

Ich ballte meine Hand zu einer Faust und war kurz davor, mir erneut eine Strafe einzufangen. Zumindest wäre ich es gewesen, hätte eine der Schwestern uns gesehen.

»Immerhin putze ich für dich fast täglich die Kirche.« Nicht das erste Mal nahm er meine Hand, aber wie immer wusste ich nicht, wie ich darauf reagieren sollte.

»Sag ja, es ist nur ein Film«, drängte er. Ich konnte mich nur auf seine Berührung konzentrieren.

Einerseits wollte ich ihm meine Hand entreißen, andererseits nicht, dass er sie losließ.

»Hallo?«

»Nein.« Die Standardantwort war immer am besten.

»Warum nicht?«, fragte er.

»Sperrstunde.«

»Sie kommen eh nicht mehr hoch, das tun sie nie.«

Ich lehnte mich an das Fenster. »Und wenn?«

Er verschlang unsere Finger ineinander.

»Ich versteh nicht, warum du hier bist«, sagte ich.

Er schwang die Beine auf meine Matratze und lehnte sich an das Fußende des Bettes an. »Weil ...«

»Ja?«

»Weil ich einen Film mit dir ansehen will.«

»Das kannst du mit jeder hier.«

»Vielleicht, aber vielleicht will ich das nicht. Und ich kann stur sein.« Er beugte sich zu mir, ergriff mein Handgelenk und zog mich ruckartig zu sich auf das Bett.

Wütend starrte ich ihn an. Er legte nur einen Finger auf meine Lippen.

»Wenn du brüllst, dann kommt mehr als nur beten und Kirchenputz auf uns zu.«

Ich stieß ihn von mir und kroch ans Kopfende. »Erpressung.«

Solle er doch seinen Film schauen! Ich griff nach einem Buch.

Alec sprang auf. »Dann hol ich den Fernseher.«

»Warum steht er wieder bei dir?«

»Tja.« Er hob seine Hände und spreizte die Finger ab. »Magie.«

»Pff«, machte ich und zeigte ihm den Vogel.

Die Tür zu meinem Zimmer ging auf, ohne dass vorher jemand angeklopft hätte. Aufzusehen brauchte ich nicht, denn nur einer war so dreist, nach der Sperrstunde unterwegs zu sein und einfach einzutreten. Dies hatte er seit dem Filmabend des Öfteren bewiesen. Ich griff nach meinem Kissen und warf es Alec entgegen.

Lachend fing er es auf. »Ich könnte denken, du magst mich nicht, Fi.«

Er ging mir zwar immer noch auf die Nerven, aber ich hatte mich an ihn gewöhnt. Irgendwie war er wie meine blasse Narbe geworden; ich mochte sie nicht, musste aber damit leben. Bei ihm wusste ich wenigstens, dass ich ihn irgendwann wieder los sein würde. Der Gedanke an das feine Narbengewebe, das sich auf der Innenseite meiner Arme emporzog und nun von meinem Pullover verdeckt wurde, ließ mich die Ärmel langziehen und das Bündchen in den Handflächen zusammenknäulen.

»Weil das so ist«, sagte ich.

Quietschfidel setzte er sich mir gegenüber auf die Fensterbank. Seine ständige gute Laune war schwerer zu ertragen, wenn ich mies drauf war. Also immer.

»Gut, dass ich dir nicht glaube.«

Ich zog eine Augenbraue hoch, sagte nichts.

»Was findest du nur an dem alten Turm, dass du ihn jeden Tag anstarrst?«, wollte er wissen.

»Neidisch?«

»Oh ja, auf ein altes verrostetes Ding. Alles Mächtige bewahre, dass ich einen Gedanken daran verschwende, dass dieser Turm ein echtes Lebewesen ersetzen könnte.«

Kurz musste ich mir das Lachen verkneifen, räusperte mich und sah ihn herablassend an. »Was willst du schon wieder?«

Seine Hände ergriffen meine Handgelenke und drehte die Handflächen nach oben. Ich schluckte. Nicht zum ersten Mal kam mir ein Bild vor Augen. Wo er auch eine Narbe auf den Armen hatte. War das in einem Traum? Mein Blick auf seinen Arm ließ mich nichts davon sehen.

»Wir haben die Aufgabe bekommen, uns die Mythen und Legenden dieser Gegend mal näher anzusehen.«

Ich versuchte, mich ihm zu entziehen. Doch irgendwie fühlte ich mich immer mehr mit ihm verbunden. Mehr als mir lieb war.

»Ja, und?«, flüsterte ich. Bei dem ganzen Hin und Her schob sich mein Pulloverärmel zwangsläufig höher. Mein Blick schwirrte zwischen dem Beginn meiner Narbe und seinen Augen hin und her.

»Morgen ist Samstag«, sagte er, »und ich würde gerne einen Ausflug mit dir machen.«

»Das wird Schwester Olga nie erlauben.«

»Hat sie schon«, gab er grinsend von sich, »jetzt musst du ja sagen.«

Mein Mund klappte auf. »Wirklich?«

»Ich kann die alten Ladys recht gut überzeugen.«

Ich konnte das Lachen nicht mehr zurückhalten. Die Schwestern von Sankt Ursula als Ladys zu bezeichnen, war für mich einfach zu viel. Doch mein Lachen erstarb, als sein Daumen über meine Narbe auf meinem linken Arm wanderte.

»Lass das«, knurrte ich.

»Warum schämst du dich dafür?«

»Es ist mir unangenehm«, antwortete ich. »Warum sollte es anders sein?«

»Weil sie ein Teil von dir ist und dich zu etwas Besonderem macht.«

»Bin ich aber nicht, solche Narben sieht niemand gerne!«

»Fenja«, flüsterte er. Es war das erste Mal, dass er meinen Namen aussprach. »Du bist besonders. Das wirst du bald erkennen.«

»Klar, in erster Linie hässlich«, antwortete ich sarkastisch.

Er schüttelte seine rotschwarzen Haare. »Nein, garantiert nicht.« Seine Hand legte sich auf die Narbe auf meinem Unterarm. »Ich werde es dir beweisen, dass deine Narben dich einzigartig machen. Nichts auf der Welt kann mich davon abhalten, dich als eine Schönheit zu sehen.«

soll schön an mir sein?«, gab ich trotzig von mir. Auch wenn ich es nicht zeigen wollte, gefiel mir sein Kompliment.

»Alles an dir. Deine süße Nase, die du gerne rümpfst. Deine eisblauen Augen, die strahlen, wenn du merkst, dass Schwester Olga deinetwegen um ihre Beherrschung ringt. Dein Haar ... Fi, ich finde dich wunderschön und könnte dir so viel darüber erzählen.«

Er hob mein Handgelenk und küsste meine Narbe. Wärme floss mir durch die Adern. Wie gebannt beobachtete ich ihn.

»Du musst mir einfach glauben.« Als er mich wieder ansah, war das Gelb in seinen Augen mehr zu Gold geworden. Für einen Moment sah auch die Iris anders aus, aber vielleicht bildete ich mir das nur ein.

»Lass uns morgen diesen Ausflug machen«, sagte er.

»Okay«, war das Einzige, was ich in diesem Moment zustande brachte. Mehr traute ich meiner Stimme nicht zu. Zu viele Widersprüche waren zwischen uns, und doch gab es da etwas, das ich nicht länger leugnen konnte. Ich mochte ihn mehr, als mir lieb war.

»Ich hole dich dann morgen früh ab. Du solltest schlafen gehen. Gute Nacht.«

Bevor er sich abwandte, hatte ich das Gefühl, er wollte noch etwas sagen. Doch er ging mit großen Schritten zur Tür und schlüpfte schweigend hinaus.

Ich atmete tief durch und blickte auf die Stelle, an der er mich geküsst hatte. Was hatte das alles zu bedeuten? Waren es echte Gefühle? Oder spielte er mit mir wie mit den jüngeren Mädchen? Doch aus welchem Grund? Ich konnte ihm nichts bieten, aus dem er einen Vorteil ziehen könnte.

Ich war ein Findelkind, ich hatte nichts. Das Einzige, das ich kannte, war das Grundstück um das Waisenhaus. Na ja, und Schwester Olga. Und die anderen, die hier ihr Dasein fristeten. Aber noch nie war ein Mensch zu mir so gewesen wie Alec. Und ich war die Einzige, die er so zärtlich behandelte.

Ich wandte mich wieder der Finsternis auf der anderen Seite der Glasscheibe zu und suchte die Umrisse des Leuchtturms. Wir waren uns auf seltsame Weise ähnlich. Ein kleines Licht könnte dafür sorgen, dass der Ozean sich erhellte, genauso wie eine einzige Berührung von Alec mein Inneres zum Erstrahlen brachte.

»Hey, aufwachen!«

Ich öffnete die Lider und schloss sie sofort wieder.

»Warum ist das so hell?«, schimpfte ich und wollte nach meiner Decke greifen, stattdessen wischte ich dumm in der Luft herum. Plötzlich verlor ich das Gleichgewicht und rutschte ins Leere. Warme Arme stoppten meinen Fall.

Erschrocken riss ich die Lider auf. »Alec?«

»Ja?«

Ich wandte meinen Kopf verwirrt ab. »Bin ich auf der Fensterbank eingeschlafen?«

»Scheint so. Dass du nicht vorher heruntergefallen bist, wundert mich.«

»Nicht nur dich.« Ich wollte auf die Uhr sehen. »Wie spät ist es?«

»Die Sonne ist aufgegangen, also komm.«

»Aber …«

»Alles abgesprochen. Mach dich frisch, ich warte vor der Tür auf dich.«

Ich verschränkte die Arme. »Schwester Olga hat noch nie erlaubt, dass jemand vor dem Frühstück das Haus verlässt.«

»Uns schon.« Er ließ mich mit einer Hand los und fischte einen Zettel aus seiner Hosentasche. »Da ist ihre

Unterschrift.«

Ich schnaubte. Das musste ich wohl so hinnehmen.

Als wir das Grundstück verließen, kam es mir vor wie eine Flucht. Selbst der volle Rucksack, den er mitschleppte, hatte diese Wirkung. Es war mir unangenehm, in den Wald zu gehen. Sicherlich, wir waren als Klasse oder in Gruppen schon hier gewesen. Allerdings zählte ich nicht zu den Menschen, die gerne im Wald waren, egal ob im frischen Grün oder wie heute in der verschneiten Landschaft. Mein jüngeres Ich hatte oft das Gefühl gehabt, es wäre böse, wenn wir hier draußen waren. Natürlich war diese Empfindung Quatsch. Schließlich war es nur ein Wald mit Bäumen, Moos, Pilzen, Erde und vielen Wildtieren und Insekten.

Einmal hatte ich mich sogar beobachtet gefühlt. Die anderen hatten mich damit aufgezogen. Ihr Gelächter schallte noch immer in meinem Kopf. Ich schüttelte die Bilder ab und verdrängte den Hohn.

Mein Blick ging zu Alec. Mit ihm war es anders. Die Natur um uns schien heller zu sein, als sonst, beinahe strahlend, wie wenn es nachts geregnet hatte und sich die Sonne am nächsten Tag in den Tropfen brach. Auch die Geräusche empfand ich heute als beruhigend.

»Woher weißt du, wo wir hin müssen?«, fragte ich.

»Internet«, antwortete er einsilbig, als ob das seine Zielstrebigkeit erklären würde.

»Warst du schon mal hier?«

»Ja«, antwortete er. Was er danach nuschelte, verstand ich nicht.

»Was hast du gesagt?«

Er blieb stehen. »Fi, wir müssen weiter, wir haben keine Zeit zum Trödeln.«

»Die Unterschrift war gefälscht!«, rief ich den ersten Gedanken, der mir kam, erschrocken aus.

»Nein, ich schwöre dir, dass es die von Schwester Olga war. Nur ...« Seine Finger glitten durch sein Haar.

»Nur was?«

»Komm.« Er hielt mir seine Hand hin. »Fenja, du würdest das nicht verstehen. Aber ich verspreche dir, wenn du mitkommst, wird sich alles aufklären.«

Ich verschränkte die Arme. Zufrieden war ich mit dieser Antwort nicht.

Seine Finger hielten meine Oberarme in einem festen Griff. »Ich habe dich nie angelogen, Fi. Darum glaube mir: Wenn ich dir hier und jetzt eine Erklärung gebe, gehst du wieder zurück und machst alles kaputt.«

Ich runzelte die Stirn. »Warum sollte ich dir vertrauen?«

»Weil ich dich als Einziger sehe.«

Mein Blick wich seinem aus; irgendwie war mir das unangenehm und ich wollte weg, aber ich schwieg.

»Okay«, sagte er, »du willst die Wahrheit?«

»Ja!«

»Olga wird sich nicht daran erinnern, es unterschrieben zu haben. Und ich will dir etwas zeigen. Darum müssen wir schnell weiter.«

Ich hob eine Augenbraue. »Wie hast du das angestellt?« Ich hatte da schon einige Ideen, aber ich wollte es von ihm wissen.

»Ist leicht, wenn man Magie beherrscht.«

»Du kannst Magie?«, keuchte ich und wollte

zurückweichen. Hatte er mich auch schon verhext oder spann ich mir das jetzt zurecht?

Meine Reaktion schien ihn zu verwundern. Doch dann lächelte er mich an. »Ja, Fi, und ich schwöre dir, bei dir habe ich nie Magie angewendet.«

Konnte er meine Gedanken lesen? Seine Finger fuhren über meine Pulloverärmel und berührten meine Handgelenke.

»Und jetzt komm, sonst war alles umsonst«, sagte er.

»Das wird Ärger geben.« Ich seufzte. »Sehr viel Ärger, da werden beten und Zimmerarrest nicht die einzigen Strafen sein!«

Er grinste mich an »Fi, ich werde dich beschützen.«

Ich verstand seine Belustigung nicht. »Wenn das auffliegt, reicht nicht mal dein Charme.«

Sein Grinsen wurde breiter. »Du unterschätzt mich.« Er schob seine Hand auf meine und hielt sie fest. »Bitte, von mir aus werde ich alle Schuld auf mich nehmen, aber ich flehe dich an: Lass das hier jetzt nicht umsonst gewesen sein.«

Einerseits hatte ich Angst vor den Strafen, die uns erwarten würden. Andererseits war ich auch neugierig. Was konnte für ihn so wichtig sein, dass ihm alles andere egal war? Aber vielleicht log er mich nur an und ich war Teil eines großartigen Schauspiels. Allerdings:

Wenn er Magie beherrschte, warum sollte er sie nicht einfach auch bei mir anwenden? Oder war ich zu naiv?

»Ich will einen Beweis«, verlangte ich. »Zauber doch etwas her.«

»Das kann ich nicht.«

»Warum sollte ich dir dann glauben, dass du mich nicht von vorn bis hinten belügst?«

»Ich kann es dir jetzt einfach nicht zeigen.«

»Ich will einen Beweis. Jetzt, hier sofort, sonst gehe ich ins Waisenhaus zurück!«

Mir war klar, je später ich wiederkam, umso größer würde die Strafe ausfallen. Welche genau, wusste ich nicht, hatte keine Ahnung, was mich erwarten würde. Doch im Grunde könnte es mir egal sein, was für eine Strafe ich bekommen würde. Schließlich konnte ich dieses Jahr endlich aus dem Waisenhaus ausziehen. Aber blind vertrauen wollte ich Alec auch wieder nicht.

»Das kann ich hier nicht«, sagte er wieder.

Ich wandte mich ab, um meine Drohung in die Tat umzusetzen. Aber er zog mich an meiner Hand wieder zu sich.

»Lass mich gehen«, fauchte ich ihn an.

»Alles, was ich kann, ist bei dir wirkungslos. Es gibt nur eine Sache, die ich dir zeigen könnte, aber das wäre nicht ratsam. Ich kann es hier nicht anwenden, ohne unser Leben zu riskieren.«

»Für wie dumm hältst du mich eigentlich?«, presste ich zwischen den Zähnen hervor. Diese Vermutung, dass er mich wirklich für doof verkaufen könnte, trieb mir die Tränen in die Augen.

»Du verstehst das falsch« Er schloss die Lider und zog mich näher zu sich heran. »Es gibt Menschen, die blicken hinter jede Illusion, und andere, die man so leicht täuschen kann.«

Ich wollte mich wiederholen, aber er sprach einfach

weiter, ohne auf meinen versuchten Einwand zu reagieren: »Dann gibt es dich, und dich wollte ich nie täuschen.«

»Wieso?« Ich schluckte. Wollte ich die Antwort wirklich hören?

»Weil du was Besonderes bist für mich. Wir wären jetzt nicht hier, wenn es nicht so wäre.«

»Du sollst hier Klarheit schaffen und mich nicht noch mehr verwirren!«

Er hob mein Kinn an. »Die bekommst du erst, wenn wir schnell hier verschwinden.«

Immer wieder ging ich in Gedanken das Gesagte durch und jedes Mal wurde meine Neugierde auf seine Erklärung größer.

»Okay«, seufzte ich.

Erleichtert atmete er aus und strahlte mich an. Seine Augen bekamen wieder diesen Goldton. »Komm!«

Bevor ich dieses Mal reagieren konnte, zog er mich an der Hand durch das verschneite Bäume-Labyrinth.

Obwohl die Nachmittagssonne über uns stand, hatte ich weder Hunger noch das Gefühl, dass wir schon stundenlang unterwegs waren. Der Wald hatte sich zunehmend verdichtet und lag trotz Tageslicht im Schatten.

»Endlich«, hörte ich Alec ausrufen und beschleunigte das Tempo, um zu ihm aufzuholen. Ich hatte alles erwartet, aber nicht, dass seine Freude einer Steinhöhle gelten würde. Sie wirkte wie der Schlund eines brüllenden Löwen. Das war aber auch das einzig Spektakuläre daran.

»Was ist hier so besonders?«, fragte ich und blieb stehen.

Er sah zu mir. »Komm.«

Sein Gesicht strahlte, als hätte er im Lotto gewonnen. Ohne auf mich zu achten, verschwand er in dem Schlund.

»Alec?«, rief ich. Sein Lachen schallte zu mir heraus. »Das ist nicht witzig!«

»Jetzt trau dich! Oder willst du die Wahrheit doch nicht wissen?«

Ich rieb mir die Arme. Aber er hatte recht. Aus diesem Grund war ich mit hierhergekommen. Ich atmete tief ein und machte die Schritte ins Ungewisse.

Vereinzelte Wassertropfen platschten auf den Boden, während ich einer Biegung in die Finsternis folgte. Es roch feucht und trotz der Dunkelheit konnte ich schemenhaft die Umrisse von Steinformationen erkennen. Doch nirgends entdeckte ich Alec.

»Das ist nicht witzig«, brummte ich wieder. Ich spürte einen leichten Windzug an meinem Hals und drehte mich in die Richtung, aus der ich gekommen war. Aber nichts war zu sehen. Kurz war ein Kratzen auf Stein zu hören.

»Alec?«

Wieder eine Brise im Genick. Es fühlte sich dieses Mal an wie ein warmer Atem, der meine Haare streichelte. Ich wandte mich dorthin, wo ich Alec vermutete.

»Lass das«, sagte ich. »Erklär es mir je...« Mitten in der Drehung zu ihm blieb mir das Wort im Halse stecken.

Vor mir hing ein gigantischer Schemen an der Decke, der sich elegant zu Boden gleiten ließ. Vor lauter Schreck konnte ich nicht einmal schreien. Mit Mühe gewöhnten sich meine Augen an die Dunkelheit, während mein Körper wie schockgefroren an Ort und Stelle verharrte.

Der Schemen sah aus wie einer dieser Drachen aus den Märchenbüchern. Oben am Kopf hatte er Hörner wie ein Stier. Unterhalb der Ohren befanden sich weitere kleinere Fortsätze. Das Schuppenkleid wirkte schwarz, schimmerte aber rötlich. Goldene Echsenaugen blickten mich an. Da löste sich meine Angststarre und ich schrie. Ich wollte fliehen, fiel über den Schwanz des Ungeheuers.

»*Weißt du jetzt, warum ich es dir nicht zeigen konnte?*«, hörte ich Alecs Stimme, aber nicht so wie sonst, sondern in meinem Kopf.

»Du ...«, stotterte ich und krabbelte rückwärts in Richtung Höhlenausgang.

»*Ja, ich bin ein Drache.*«

Mein Gehirn spielte innerhalb von Sekunden hunderte Szenarien ab, doch mein Körper wollte einfach nur die Flucht ergreifen. Aber egal, was ich machte, Alec war schneller. Erst ein schuppiger Bauch, dann spitze Klauen und ein Schwanz, die mir den Weg versperrten.

»*Ich werde dir nichts tun!*«

Ich presste mich an die raue Steinwand. »Warum hast du mich hierher gebracht?«

»*Weil du die Wahrheit wissen sollst!*«

»Und die wäre?«

Seine Schnauze kam mir näher. Mein Rücken tat mir schon weh und ich kniff die Lider fest zusammen. Der Atem des Drachen blies mir die Haare aus dem Gesicht.

»*Dass du, Fenja, auch einer bist.*«

»Ich?«, fragte ich mit weit aufgerissenen Augen.

Sein Kopf bewegte sich auf und ab, als würde er es bejahen.

»Hast du gestern zu viele Bohnen gegessen oder heute Morgen Pilze?«

Sein Lachen hallte durch meinen Kopf. Wasser floss über seinen Drachenkörper und spülte seine Schuppen weg, sie wurden immer kleiner und waren dann nicht mehr zu sehen. Nur noch Alec, wie ich ihn kannte, stand vor mir.

»Du bist Fenja Dragona, die Letzte Flammenhüterin.«

»Klar«, sagte ich und zeigte ihm den Vogel. »Du bist ein Idiot, wenn du denkst, dass ich dir das abkaufe. Wie hast du das gemacht, wo ist die Kamera?«

Er griff so schnell nach meinem Arm, dass ich keine Zeit hatte, ihm auszuweichen. »Weißt du, warum du diese

Narben trägst?« Er drehte meinen Arm so, dass ich meine Narbe dort ansehen musste.

»Sie sind durch den Unfall entstanden, als meine Mutter starb!«

»Das ist eine Lüge! An dieser Stelle brechen bei Jungdrachen die Flügel heraus. Sieh hin.«

Plötzlich waren da auf seinem Arm die gleichen Narben wie bei mir. Wie war das möglich? Doch dann erinnerte ich mich daran, wie er aus dem VW-Bus gestiegen war und ich sie da bereits gesehen hatte. Warum aber danach nicht mehr?

Ich schüttelte den Kopf und stieß ihn weg. »Sie sind durch den Unfall entstanden«, wiederholte ich leise. Das hatte Schwester Olga immer zu mir gesagt, wenn ich traurig war, weil ich wegen meinen Narben gehänselt worden war. »Und du hast mich angelogen.«

»Nein!« Er schloss die Augen. »Das würde ich nie tun!«

»Du hast gesagt, du würdest Magie nie bei mir anwenden, mich nicht täuschen, und doch sehe ich deine Narben erst jetzt!«

Er schüttelte seinen Kopf. »Ich habe es nie gemacht, Fi, glaube mir.«

»Wie soll ich dir glauben?«

»Das ... Ich weiß es nicht, Fi. Vielleicht ist es passiert, als ich ankam ...«

Ich schüttelte den Kopf und wollte gehen. »Du lügst.« Der Gedanke verletzte mich. Ich hatte gedacht, ich könnte ihm vertrauen, und dann so etwas.

»Fenja, du kannst nicht zurück. Schwester Olga hat deine Mutter umgebracht und wollte auch dich töten. Dann sah sie den Nutzen in dir.«

»Nutzen?« Es war die erste Frage, die aus meinem Mund kam, obwohl ich noch hunderte andere hatte.

»Hat sie dich unter Kontrolle, hat sie auch deine Flamme unter Kontrolle.«

»Wie will ein Mensch ...«

»Sie ist kein Mensch, sondern eine mächtige Magierin. Oder was denkst du, warum es seit Jahren schneit, egal ob Sommer oder Winter?«

»Eiszeit?«, gab ich schulterzuckend von mir.

»Ihre Eiszeit, ja, aber du kannst das alles beenden, Fi.« Er kam auf mich zu und wollte mich berühren.

Ich wich aus. »Warum tust du das?«

»Ich tue es wegen dir.«

»Meinetwegen?« Langsam brummte mir der Kopf. »Weißt du was? Das ist mir zu viel.«

»Aber ...«

»Nein! Ich muss das alles erst mal verdauen.«

Er nickte kurz und ich verkrümelte mich an den Höhleneingang.

Hier sah alles so unberührt aus. Nur unsere Spuren waren zu sehen. Dem Schnee konnte die Sonne nichts anhaben. Der Wind nahm ein paar Flocken mit. Wie das Ticken einer Uhr hörte ich hinter mir das ständige Tropfen. Ich atmete die kalte Luft ein und versuchte, das Gehörte zu sortieren.

Mein ganzes Leben war also eine Lüge. Niemandem konnte ich vertrauen. Nicht mal Alec. Gab es eine andere Erklärung für das alles? Stimmte es vielleicht nicht, was er erzählte? Mein Blick ging zu ihm und zu seinen Narben.

»Warum hast du mir diesen Zauber aufgelegt?«

»Es muss ein Versehen gewesen sein, ich wollte das doch nicht. Du solltest mich sehen, wie ich bin.«

»Hast du aber«, sagte ich.»Dass ich jetzt erst deine Narben sehen kann, ist der Beweis.«

Er öffnete seinen Mund, ich sprach aber weiter: »Und seit wann können Drachen zaubern?«

»Schon immer, aber nicht wie ein Magier oder eine Hexe. Verwandlung und Gedankenübertragung, das können wir.« Plötzlich schüttelte er den Kopf. »Das kann nicht sein, es sei denn ...?«

»Was geht dir durch den Kopf?«

»Vielleicht ... warst du schon verzaubert? Ich weiß, dass du mich gesehen hast. Bevor du dich wieder aufregst, du kamst mit jemandem zusammen herunter, hat sie dich berührt?«

Ich runzelte meine Stirn. »Nein, kann mich zumindest nicht erinnern.«

Aber vielleicht war es doch so und ich wusste es nur nicht mehr. Je mehr ich darüber nachdachte, desto mehr hatte ich das Gefühl, dass ich gar nichts mehr wusste.

»Klar«, rief Alec aus. »Olga hat dich doch hinausgezogen.«

Nachdenklich nickte ich. Das konnte stimmen, beweisen konnte er es mir aber nicht. Ich verschränkte die Arme.

»Aber weißt du, was gegen deine Theorie spricht? Ich bin kein Drache und ich kann nicht zaubern.«

»Du kannst es. Jedenfalls hast du die Fähigkeit dazu. Du hast es nur nie gelernt. Olga hat dich perfekt in diese Opferrolle gedrängt. Es ist Zeit, dass du deinen Weg beschreitest.«

Ich musterte sein Gesicht. »Ich verstehe es immer noch nicht. Wozu sollte sie mich brauchen? Warum jetzt?«

»Weil du bald erwachsen bist und deine Macht ihre volle Kraft erreicht.«

Verständnislos sah ich ihn an. »Volle Macht?«

»Du glaubst mir immer noch nicht.«

»Würdest du es denn tun, wenn dir jemand so was erzählen würde?«

»Ich weiß es nicht, ich bin damit groß geworden.«

»Aber warum sollte sie mich brauchen?«

»Wie gesagt, deine Kraft. Ich kann auch nur mutmaßen, dass sie denkt, sie kann dich kontrollieren oder dir diese Macht sogar wegnehmen.«

Das klang alles so kurios, dass meine Zweifel immer größer wurden.

»Was hat Schwester Olga davon?«

»Aller Magie liegen die Elemente zugrunde. Jeder Drache besitzt entweder Wasser, Erde, Feuer oder Wind. Aber Hexen beherrschen nur die geteilte Version davon, nicht so wie wir.«

»Geteilt?«

»So wird es genannt, bei uns. Olga zum Beispiel beherrscht nicht das ganze Wasserelement, sondern nur Eis. Kein flüssiges Wasser oder Dampf. Bei Erde ...«

»Schon gut, ich habe es verstanden«, brummte ich. »Aber warum sollte sie jetzt mein Feuer brauchen?«

»Wenn sie ein zweites Element und auch noch ein Grundelement der Drachen dazubekommt, ist sie so gut wie nicht zu besiegen. Sie könnte uns Drachen auslöschen, oder die Menschheit. Ich weiß nicht, was in ihrem Kopf vorgeht, aber wenn man dafür schon mordet, muss es katastrophale Auswirkungen haben.«

In mir stieg Panik auf und ich wich zurück. »Was würde passieren, wenn ein Drache ein zusätzliches Element bekommen würde?«

»Ich schätze, dasselbe, nur schlimmer. Du hast eben nicht nur das Feuer in dir, du bist seine Hüterin, Fenja. Deine Magie würde jeden weitaus stärker machen.«

Hatte er mich deshalb hierher gebracht?

»Warum sind wir hier? Willst du mich umbringen?«, fragte ich panisch.

»Nein, ich will dich beschützen.«

»Ich habe keine Ahnung, was ich glauben soll.«

Einen Moment lang wirkte er traurig. Es war jedoch nur ein Augenblick, dann kam sein Lächeln wieder zum Vorschein. »Ich zeig es dir.«

Reagieren, geschweige denn sprechen war mir nicht mehr möglich. Er zog mich näher an sich, legte unsere Arme hinter meinen Rücken und seine Stirn auf meine.

Alles wirkte verschwommen. Ich war in dieser Höhle, da war ich mir sicher, auch, wenn alles nur schemenhaft zu sehen war. Die zu Boden fallenden Tropfen, die ich vernahm, waren ein weiterer Hinweis darauf, dass ich mich nach wie vor an derselben Stelle befand. Doch etwas hatte sich verändert.

An einer Wand saß eine Frau. Sie war dürr und ihre dunklen Haare hingen ihr ins Gesicht. In ihrem Arm hielt sie etwas Schwarzes. Beinahe wie ein Bündel Stoff.

»Komm schon, Fi«, hörte ich Alecs Stimme.

Ich konnte mich nicht umdrehen, aber ich merkte, dass ich mich der Frau näherte, ohne mich zu bewegen. War ich in Alecs Kopf? Sah ich eine Erinnerung von ihm? Was war so wichtig daran, dass Alec mir das zeigte? Sah ich das wirklich oder spielte er mir einen Streich?

»Sie ist erst frisch geschlüpft, lass ihr Zeit«, sagte die Frau.

»Aber … ich will mit ihr spielen.« Alec streckte seine Finger nach dem schwarzen Bündel in ihrem Arm aus und berührte es. Ich konnte es jedoch nicht spüren.

»Fi, wach auf!«

War ich das Bündel in ihren Armen? Er nannte es Fi, so wie er mich immer rief. Konnte das wirklich sein?

»Alec«, sagte die Frau amüsiert. Bevor sie weitersprechen

konnte, drehte sich das Bündel in unsere Richtung, und ich erkannte ein Drachenbaby. Es sah aus wie Alec, nur viel kleiner und irgendwie niedlicher.

Der kleine Drache, der anscheinend ich sein sollte, gähnte und erinnerte mich dabei an einen dieser quiekenden Welpe. Mehrmals blinzelte mein Babydrachen-Ich und rieb sich die Augen. Sein Blick richtete sich auf Alec und es streckte seine Klauen nach ihm aus.

Ich bemerkte die gräuliche, nahezu durchsichtige Haut, die sich von den Vorderbeinen zum Rumpf spannte. Waren das die Flügel? Sie hingen schlaff nach unten und es sah aus, als wären sie mit den Armen verwachsen. Offenbar lösten sie sich erst später ab, wie ich es bei Alec gesehen hatte.

Wie ein Tier rollte mein Ich sich aus den Armen der Frau und tapste auf Alec zu.

»Ja, meine kleine Fi«, freute er sich. »Komm zu mir.«

Die Frau griff nach meinem Baby-Ich, gerade als es Alec fast erreicht hatte, und hob den kleinen Drachen hoch. Ihr Blick wurde zu einer eisernen Maske.

»Du bist Fenjas Beschützer, verstanden?«

Alec senkte seinen Blick, ich hörte ihn wimmern. »Ja.«

»Aieda, sie sind Kinder«, vernahm ich eine fremde Männerstimme.

»Geh hinaus«, befahl die Frau barsch.

Mir war nicht klar, wen sie meinte, aber Alec sagte »Ja« und der Boden bewegte sich.


Von einem auf den anderen Moment wurde es hell. Ein Zwinkern, und ich blickte wieder in Alecs Gesicht, so wie ich es kannte.

56

»War das wirklich ich?«

»Ja. Du warst gerade erst geschlüpft.«

»Was meinte sie mit Beschützer?«

»Jede Hüterin hat einen Drachen, der sie beschützt.«

»Vor?«

»Den Magiern, anderen Wesen oder Menschen.«

»Warum bist du dann gegangen und hast mich allein gelassen?« Meine Lippen bebten und meine Sicht verschwamm. »Warum hast du mich nicht beschützt?«

»Fi, wenn ich gekonnt hätte, wäre ich bei dir geblieben. Aber deine Mutter hat verlangt, dass ich gehe, und Ramon, der Mann, den du gehört hast, hat mich daraufhin weggebracht.«

Ich wollte mich befreien. »Du hattest siebzehn Jahre Zeit, um zu mir zu kommen.«

Er ließ meine Hände frei und ich schlug meine Fäuste auf seine Brust. Ängste, Wut und Traurigkeit ließen mich immer weiter auf ihn einhämmern. All die Jahre hatte er mich alleingelassen. All die Jahre, bis ich eine Mauer um mich herum aufgebaut hatte, und jetzt zerstörte er alles. Alles, was ich kannte! Alles, was mich ausmachte! Alles, was ich mir erarbeitet hatte!

Alec ließ die Schläge über sich ergehen, bis ich keine Kraft mehr hatte. Ich wollte weg und andererseits auch nicht.

Alec strich mir über den Rücken. »Ramon meinte, es wäre besser, dich dort im Waisenhaus zu wissen, als dass wir uns ins Ungewisse stürzen. Aber in Gedanken war ich immer bei dir.«

Tränen rannen mir über die Wangen. Mein ganzes Leben war eine Lüge. Ich konnte nicht mal sicher sein, dass er mich nicht auch anlog.

»Warum?«, schniefte ich, als ich mich beruhigt hatte. Inzwischen saßen wir auf dem Boden. Er hielt mich fest an sich gedrückt. Seine Berührungen auf meinem Rücken beruhigten mich. Tausende Fragen schwirrten mir im Kopf herum. Zu viele Informationen und alle warfen weitere Fragen auf. Was war richtig, was falsch? Stimmte das, was er mir erzählt hatte? Was sollte ich jetzt tun?

»Was willst du wissen?«, fragte er leise, als hätte er meine Gedanken gelesen, mal wieder.

»Warum wollte sie, dass du gehst?«

Sein Brustkorb bewegte sich spürbar nach oben, bevor er sprach. »Weil ...« Er stockte.

Ich richtete mich auf und musterte ihn. »Weil? Was?«

»Weil sie verhindern wollte, dass wir uns binden.«

Ich runzelte die Stirn. »Wovon redest du?«

»Schon bevor wir schlüpfen, sind wir durch die Zeichen, die uns zu Beschützter und Hüterin machen, füreinander bestimmt. Bei uns beiden war es eine Flamme. Darum hat Ramon mich zu euch gebracht.« Er strich mir über die Wange. »Schon als du aus dem Ei kamst, wusste ich, dass ich alles für dich tun würde.«

»Hast du aber nicht«, sagte ich.

Ich hörte ihn schlucken. Er konnte nicht widersprechen, das war ihm genauso klar wie mir. In mir brodelte es, aber meine Kraft war verbraucht.

Schweigend aßen wir Brote, die Alec in seinen Rucksack

gepackt hatte. Die Kälte drang langsam durch meine Kleider. Ihm schien sie nichts auszumachen. Als er fertig war, sah er mich an.

»Soll ich dich etwas wärmen?«

»Wäre nett.« Ich rieb über meine Arme und lehnte mich bei ihm an. Der Wind blies kalt zu uns herein und ich fror noch mehr.

Es wurde immer dunkler und wir hatten immer noch nicht wirklich weitergeredet. Entweder traute er sich nicht oder er wollte nicht, dass ich explodierte. Was ja nicht weithergeholt wäre.

»Was ist diese Bindung?«, fragte ich.

»Wir reagieren stark auf die Emotionen unseres Partners. Als Baby reagiertest du auf meine Traurigkeit und kamst nachts zu mir getapst. Das ist das erste Zeichen einer Bindung.« Er schloss seine Augen und lächelte. »Morgens hatte ich dich immer zurückgelegt, doch an einem Tag war ich nicht früh genug wach. Deine Mutter hat es gesehen.«

»Was gesehen?« Er zeigte nach oben. Mein Blick folgte dem Wink. Erst sah ich nichts und wollte nochmals nachfragen. Doch da entdeckte ich etwas Schimmerndes, wie eine Seifenblase. Ich streckte meine Hand aus. Es fühlte sich wie ein warmer Hauch an und glich einer Kuppel, die uns eingeschlossen hatte.

»Das passiert, wenn sich Drachen binden«, erklärte er.

»Eine Schutzhülle?«

Er nickte.

»Was ist daran schlimm?«

»Manchmal ist deine Naivität echt süß.«

Ich schnaubte, was ihn zum Lachen brachte.

»Wir zwei, meine kleine Fi«, sagte er schmunzelnd, »gehören zusammen, für immer.«

Ich richtete mich beleidigt auf. »Ich war ein Baby. Wenn das alles wahr ist, da …«

»Das hat was mit der Magie der Drachen zu tun. Wir binden uns nur einmal.«

»Dann habe ich dich für immer an der Backe?«, brummte ich verärgert.

»Wir können getrennte Wege gehen, wie die letzten Jahre. Doch wir werden niemanden an uns heranlassen. Oder hast du dich all die Jahre jemals für einen Jungen interessiert – außer für mich natürlich?«

Meine Wangen wurden warm und ich wandte mich ab. »Idiot.«

»Wir sind keine Menschen, Fi. Vielleicht haben dich die letzten Jahre in deinem Verhalten und Denken vermenschlicht. Aber deine Instinkte sind die eines Drachen.«

»Klar.« Als ob er mich so gut kennen würde!

»Ja, und ich kann dir auch sagen, warum.« Über die Schulter sah ich ihn an. »Diese Schutzhülle kannst nur du erschaffen.«

»Ach ja?«

»Es ist ein Instinkt.« Er kratzte sich. »Dieser Zauber wirkt, weil du uns abschirmen willst, da wir verbunden sind.« Er wirkte traurig. »Eigentlich sollte ich doch der Beschützer sein.«

»Da kann ich nicht widersprechen. Aber warum mache ich das, wo doch ich die Hüterin bin?«

Er wurde rot. »Weil … menschlich gesagt, du magst mich

und dementsprechend stehen wir füreinander ein.«

»Ich kann dich nicht leiden«, meinte ich. »Also ist das der absolute Blödsinn.« Stur sah ich die andere Wand an und verschränkte die Arme.

Seine Finger fuhren über meinen Hals und er zog mich an seine Brust. »Ach wirklich?«

»Ja!«

Ich quiekte, als er sich drehte und ich den harten, kalten Stein unter meinem Rücken spürte. »Warum klopft dein Herz jetzt wie wild und deine Gedanken sind geprägt von Neugier? Du fragst dich, was ich vorhabe, und bist kein bisschen hasserfüllt.«

Ich schluckte. »Du kannst meine Gedanken nicht lesen!«

»Stimmt.« Bevor er mich losließ, küsste er meine Stirn. »Aber ich kenne deine Reaktionen und ich würde es spüren, wenn du mich hasst.« Er setzte sich wieder hin. »Fi …«

»Aber ich habe dich gehasst.«

»Nein, meine Kleine, hast du nie. Ich ging dir auf die Nerven, weil du nicht wusstest, wie du mich einsortieren solltest. Aber gehasst hast du mich nie.«

Ich richtete mich auf. »Was passiert jetzt?«

»Um ehrlich zu sein, habe ich dir einfach die Wahrheit sagen wollen.« Er fuhr mit den Fingern über sein Kinn und kratzte sich daran. »Wir können nicht zurück, ohne dich in Gefahr zu bringen.«

Ich rutschte zu ihm und lehnte mich an die raue Steinwand. »Das ist echt ermutigend.«

Ich hatte schon in den unmöglichsten Positionen geschlafen, aber das hier übertraf alles. Kalt, zugig, spitze Steine und das ständige Ticken der Tropfen machten diese Nacht zu einer Hölle. Da half es auch nicht, dass Alec sich verwandelt hatte, um mich vor dem Wind zu schützen. Ein Feuer konnten wir nicht machen, er beherrschte auch gar keinen Flammenzauber. Ich wünschte mich zurück in mein Bett im Waisenhaus.

Ein paar Fragen hatte Alec mir noch beantwortet, aber für mich ergab immer noch zu vieles keinen Sinn. Mein Kopf brummte, meine Haut fühlte sich eiskalt und nass an, wie ein Stück Fleisch, das auftaute. Dieses Auf und Ab meines Gefühlszustandes brachte mich kurz vor einem Nervenzusammenbruch.

Ein Schatten verdunkelte den Eingang der Höhle. Ich saß im hintersten Eck und rieb mir über die Arme. Normalerweise war ich nicht so kälteempfindlich. Allerdings war ich sonst nie so lange draußen.

»*Ich habe Decken mitgebracht*«, hörte ich Alecs Stimme in meinem Kopf. »*Und etwas zu essen.*«

»W... w...«

Er erschien als Mensch im hellen Licht des Eingangs. »Ich weiß, wird auch Zeit.«

Er klang müde und gereizt. Diese Nacht hatte bei uns beiden Spuren hinterlassen. Ich hatte das Gefühl, als würde er selbst zweifeln. Entweder war ich doch kein Drache oder zu vermenschlicht.

Alec legte mir die ersten Decken um die Schultern und reichte mir eine Thermoskanne. Ehrlich gesagt, wollte ich gar nicht wissen, wo er sie her hatte. Die heiße Brühe darin war aber genau das, was ich brauchte. Der Dampf umfing mein Gesicht. Es roch nach Sellerie. Beim ersten Schluck verbrannte ich mir fast die Zunge. Aber ich hatte Hunger und es wärmte mich.

»Danke«, sagte ich, als meine Zähne aufgehört hatten zu klappern.

Alec legte weitere Decken auf meine Beine. »Gerne.« Er rückte nah an mich heran. »Es tut mir leid, ich hätte an Decken denken müssen.«

Ich nickte und trank den nächsten Schluck.

Er drückte mich an sich. Seine Wärme drang nicht zu mir durch; es war, als ob meine Muskeln sie nicht annehmen wollten.

»Ich glaube, ich sollte dich ins Dorf bringen. Nicht, dass du mir jetzt stirbst.«

»Hast du die Sachen auch von dort?«

»Unter anderem.«

»Tolle Antwort«, brummte ich und gähnte. Er lachte kurz und seufzte. Im Moment war nichts mehr übrig von dem heiteren, jungen Mann, der vor ein paar Monaten in mein Leben getreten war.

»Wie alt bist du?«

»Ich bin nur ein paar Wochen älter als du, aber da ich eben als Drache ausgewachsen bin, ist meine Erscheinung in Menschengestalt erwachsener.«

Er drehte sich zu mir. »Stört es dich?«

»Mich hatte es nur gewundert. Damals, als du zu uns kamst, wirktest du älter auf mich.«

»Schlaf etwas«, sagte er leise.

Ich wusste nicht, ob ich das konnte, aber ich kuschelte mich an ihn. Wären wir nicht schon im Waisenhaus vertrauter miteinander gewesen, hätte ich das hier nie getan. Ich fragte mich, ob ich es zuließ, weil es dieses Bindungsgefühl wirklich gab oder weil ich ihn menschlich ins Herz geschlossen hatte. Mit Gewissheit wusste ich nur, dass meine Mauer Risse bekommen hatte. Aber ich wollte jetzt nicht an die Zukunft denken. Ich hatte andere Probleme und noch gefühlt tausend weitere Fragen. Diese Ungereimtheiten machten mich wahnsinnig!

Mit den Tagen kam ich immer besser mit der Kälte zurecht. Das lag aber auch daran, dass Alec Äste vor das Löwenmaul der Höhle legte und wir mit Zündhölzern, die er aus dem Dorf mitgebracht hatte, ein Feuer machen konnten.

Ich konnte nicht leugnen, dass ich mich, warum auch immer, stark zu ihm hingezogen fühlte. Was aber nicht hieß, dass ich mich ihm sofort an den Hals warf. Allerdings war er seit seinem Geständnis auch zurückhaltender. Im Waisenhaus hatte er mich ständig mit blöden Sprüchen bedrängt und mir die Hand gestreichelt. Jetzt benahm er sich ganz anders. Ob das an der Verwandlung lag?

»Sind eigentlich alle Drachen so gefühlskalt?«, fragte ich ihn, als wir mal wieder im Dunkeln in der Höhle saßen.

»Du siehst das zu menschlich«, meinte er.

»Kann sein, aber du ...«

»Was willst du, Fi?«

»Keine Ahnung«, seufzte ich und stand auf. »Wir sind verbunden und du gibst mir nicht das Gefühl, für dich etwas Besonderes zu sein.«

Es könnte ja auch sein, dass wir gar nicht verbunden waren. Möglich, dass er diese ganze Sache genauso wenig ernst nahm wie seine angebliche Beschützerrolle!

»Vielleicht habe ich es auch satt, gegen eine Mauer zu rennen!« Er erhob sich. »Oder vielleicht habe ich Angst. Du bist, seit ich dich kenne, eine tickende Zeitbombe.«

»Das denkst du also von mir?«, gab ich erbost zurück. Ich kannte einige, die in so einer Situation definitiv mehr ausgetickt wären als ich.

»Das hat nichts mit denken zu tun. Jedes verdammte Mal, wenn ich das Gefühl habe, wir sind auf dem richtigen Weg, schreist du mich an.«

»Ach ja?«, schnauzte ich.

»Ja, das gerade ist doch das beste Beispiel.«

War ich wirklich lauter geworden?

»Weil ... Weil du mich überrumpelt hast.«

Er hob eine Augenbraue. »Ich bin ein Drache und auch so aufgewachsen. Habe Gehirne manipuliert, damit ich menschlich wirkte. Bei dir soll ich es sein, aber irgendwie auch wieder nicht. Fi, du bedeutest mir so unglaublich viel, aber bitte drücke dich klarer aus.«

Ich biss mir auf die Lippe. »Ich weiß doch auch nicht.«

Genauso wenig wusste ich, warum mich dieses Thema gerade so aufwühlte. Tränen rollten mir über die Wangen. Ich beschloss, dass es daran liegen musste, dass mich die letzten Tage zu fertiggemacht hatten. Es war alles zu viel für mich. Ich war ein Drache, meine Ziehmutter wollte mich benutzen oder gar umbringen. Dazu kam dieses Chaoschaos mit Alec. Mochte ich ihn oder nicht? Und was hatte das alles zu bedeuten? Ich drehte mich im Kreis, nein, wir drehten uns im Kreis, und ich hatte keine Ahnung, welche Bombe als Nächstes platzen würde.

Ich hörte Alec tief ein- und ausatmen. »Ach, Fi«, seufzte er und nahm mich in den Arm. »Über eines kannst du dir sicher sein: Ich würde mein Leben für dich geben.«

»Weil du mein Beschützer bist«, gab ich trotzig von mir.

Er hob mein Kinn an. »Ja, aber auch, weil du für mich das Wertvollste bist. Menschlich ausgedrückt: Ich liebe dich mehr als alles andere.«

»Sei bitte öfter menschlich«, schniefte ich und legte meinen Kopf an seine Brust. Ich hörte ihn schnauben, aber auch, dass sein Herz schneller schlug, als ich sagte: »Ich habe mich in dich verliebt.«

Keuchend ging ich in die Knie. Mein Atem wirbelte den Staub auf. Alles in meinem Körper tat mir weh. Muskeln schmerzten in mir, die ich bislang nicht einmal gekannt hatte. Noch nie hatte ich mir einen Knochen gebrochen, aber ich stand kurz davor, dass mir der erste aus purer Erschöpfung nachgab. Meine Lungen brannten und mein Herz hämmerte mir wie wild gegen die Rippen.

Wir waren jetzt gut eine Woche hier in der Höhle. Tage flossen ineinander und die Nächte waren kurz und so verdammt kalt, selbst mit dem kleinen Feuer, das Alec abends machte.

»Müssten wir hier nicht weg?«, hatte ich ihn einmal gefragt.

»Wir sind hier sicher«, hatte er gemeint. Was wieder zu einem Streit führte, weil ich es unlogisch fand. Wenn Olga meine Mutter umgebracht hätte, dann wüsste sie von der Höhle; wenn sie mich brauchen würde, könnte sie einfach hierher kommen.

»Du siehst das zu menschlich«, sagte er. »Vertrau mir.«

Ich reagierte gar nicht mehr darauf, denn das war seine neue Standardausrede.

Alec wollte mir die Verwandlung beibringen, aber bis jetzt hatte ich nur lauter rote Striemen und Kratzer anstelle eines schwarzblauen Schuppenkleides. Ich zweifelte, und das nicht zum ersten Mal. Immer mehr verfluchte ich den Tag, an dem er aus dem VW-Bus gestiegen war.

»Du hast dich getäuscht!« Auch den Tränen war ich nicht zum ersten Mal nah.

Seine Finger strichen über meinen Rücken. »Fi, Liebes, du musst Geduld haben.«

Ich drehte mich auf die Seite.

Er nahm meine Hand und küsste meine Narbe. »Dann lass es und wir fliehen so, es ist egal, ich will nicht …«

Mitten im Satz hörte er auf zu reden. Verwundert blickte ich zu ihm. Noch mehr überraschte es mich, knapp über mir seinen schwarzroten Echsenkopf zu sehen.

»Alec?«, fragte ich leise. Aber er starrte nur weiter den Höhleneingang an.

»*Bleib hier*«, raunte er und ging zum Ausgang. Doch anstatt, dass er sich hinausstürzte, wurde sein Schatten plötzlich immer kleiner. Schon war er wieder ein Mensch und lief lachend aus der Höhle.

»Calom!«, rief er.

Langsam stand ich auf und folgte ihm. Beim Anblick des Fremden blieb mir der Atem weg. Er hätte Alecs Zwilling sein können, nur dass er etwas mehr an Muskeln und kurze, bläuliche Haare hatte.

»Du musst Fenja sein«, sagte er zu mir. Seine Stimme war tief und kratzig.

Alec griff meine Hand und drückte sie sanft. »Das ist meine Fenja.«

Ich verdrehte die Augen. Alecs Blick ging zu mir.

»Calom ist mein älterer Bruder.«

»Ihr müsst hier weg«, meinte der Neuankömmling, ohne auf Alecs Worte einzugehen.

»Das war mir klar, aber ...«

»Vergiss die Flamme, da kommst du nicht mehr ran und so schon gar nicht.«

›*Flamme?*‹, wollte ich fragen, aber Alec redete bereits wieder: »Sie kann sich nicht verwandeln. Denkst du, ich bringe sie wieder dahin zurück?«

Caloms Mundwinkel zuckten nach oben, so wie Alec es auch machte, wenn er etwas lustig fand und nicht lachen wollte. »Du hast echt versucht, sie jetzt den Bann brechen zu lassen?«

»Bann?«, fragte ich.

»Die Magierin hat dich verzaubert. Was denkst du, warum du dich nie verwandelt hast, wenn du wütend warst?«, meinte Calom. Ich zuckte mit den Schultern.

Er seufzte. »Egal, wir müssen hier weg.«

»Sie kann nicht fliegen und ...«

»Denken, kleiner Bruder. Das ist genau der Grund, warum ein Beschützer kein Liebhaber sein sollte.«

Ich schnaubte und Alec brummte etwas Unverständliches. Sein Bruder ließ sich nicht beeindrucken.

»Du fliegst, sie sitzt auf deinem Rücken.«

»Ist das denn sicher?«, wollte ich wissen.

»Sicherer, als hierzubleiben. Die Magierin ist unterwegs und wütend. Eure Schilde können sie nicht weiter aufhalten.«

Ich biss mir auf die Lippen.

»Fi, er hat recht«, sagte Alec. »Solange du deine Kraft nicht hast, kannst du das Feuer nicht erneut entflammen und dich nicht rächen.«

»Okay«, sagte ich. Was sollte ich auch sonst tun? Es war ja nicht so, dass ich auf Rache aus war; ich strebte eher danach, eine Erklärung für das alles zu bekommen. Warum hatte Olga es getan? Warum hatte sie mich aufgezogen? Was steckte wirklich hinter dieser Flamme? Alec hatte mir zwar erklärt, dass ich die Hüterin der Flamme wäre, doch aus irgendeinem Grund hatte ich nicht nochmals nachgefragt. Was ich nun bereute.

Ein Windstoß streifte meine Wange und ließ mich zu Calom sehen, der bereits in seiner dunkelblauen Drachengestalt knapp über dem Boden schwebte.

»Angeber«, brummte Alec.

Das Lachen schallte in meinem Kopf. Daran musste ich mich definitiv gewöhnen. In unserer wahren Form konnten wir Drachen in Gedanken reden, aber nur, wenn wir sie bewusst dachte. Um ehrlich zu sein, hatte ich es nicht ganz verstanden. Wie alles, was mit Drachen zu tun hatte.

Alec drückte meine Hüfte.

Mein Blick ging zu ihm. »Was?«

»Bereit?«

Ich machte ein paar Schritte von ihm weg. Für mich war es immer wieder erstaunlich, wie fließend sich Alec in den Drachen mit dem schwarzroten Schuppen verwandelte. Sicherlich war er in dieser Gestalt ohnehin beachtlich größer als ein Mensch. Aber dennoch kam diese Verwandlung für mich immer so plötzlich und es faszinierte mich jedes Mal aufs Neue, dass er nicht mehr hager, sondern stattlich war.

Alec legte sich flach auf den Boden, sodass ich auf seinen Rücken klettern konnte. Mit den ganzen Stacheln auf seinem Rücken sah das nach einer ordentlichen Herausforderung aus. Festhalten konnte ich mich auch nicht wirklich. Davon abgesehen, dass ich mich nicht mal auf einem Pferd mit Sattel halten konnte, war es doch nur absehbar, dass ich fallen würde.

Alec richtete sich wieder auf und hob mir seine vordere Klaue entgegen. »*Ich bin vorsichtig.*«

»Du sollst meine Gedanken nicht lesen!«

»*Kann ich nicht, das habe ich dir gesagt. Ich kann nur das lesen, was du wirklich zu mir sagen willst.*«

Ich verdrehte die Augen, setzte mich aber vorsichtig in seine Klaue. Diese Lösung war immerhin besser als ein wackeliger Flug auf seinem Rücken. Er schloss seine Klauen und ich kam mir vor wie in einem Gefängnis. Fest kniff ich meine Lider zusammen, als ein Ruck durch seinen Körper ging. Ich wollte nicht mitbekommen, wie hoch wir waren oder wie tief ich fallen konnte. Doch schließlich siegte meine Neugier und ich öffnete die Augen einen Spaltbreit. Schon sah ich einen Eisball auf uns zukommen. Ich schrie.

Alec bewegte sich ruckartig. Ich wurde gegen sein schuppiges Handgelenk geschleudert und krallte mich hinein. Eissplitter flogen mir um den Kopf und zerkratzen meine Wange.

Ich wandte mich um und entdeckte Calom. Gerade war er wieder in der Waagerechten, da sank er und drehte sich. Die Stacheln an seinem Schwanz trafen einen weiteren Eisball, der in Einzelteile zersprang.

Alec flog ein waghalsiges Manöver, das mich in seinen

Klauen hin- und herwarf. Dann stieg er immer höher hinauf, so schnell, dass ich Druck auf den Ohren bekam.

Nachdem ich diesen endlich ausgleichen hatte können, vernahm ich ein Geräusch von Alec. Es ähnelte einem Fluchen, aber vielleicht hatte ich es mir auch nur eingebildet. Aus dem ruhigen Flug schloss ich, dass wir den Angreifern entkommen waren.

Es wurde kälter, schon wieder klapperten meine Zähne. Der Wind sauste an mir vorbei, nur das Flügelschlagen von Alec war zu hören. Ich nutzte die Chance und sah mich um. Unter uns erblickte ich ein Wolkenmeer, das sich bis zum Horizont erstreckte. Calom tauchte gerade eine Klaue verspielt in das Wattemeer hinein. Es sah so friedlich aus hier oben. Kein Wunder, dass Menschen das als himmlisch betrachteten.

»*Alles ist gut*«, hörte ich Alec.

Ich wollte ihm etwas Sarkastisches an den Kopf werfen, ihm sagen, dass wir ja auf der Flucht waren und nichts gut war, aber ich schwieg und genoss lieber die Ruhe, auch wenn es sehr kalt war.

Als Alec endlich tiefer flog, wurde es allmählich wieder wärmer. Ich entschied mich für einen weiteren Blick in die Umgebung. Was ich sah, überraschte mich. Wir überflogen einen Wald, der mit seinen grünen Tannen und dem Schnee, darauf aussah wie Wackelpudding mit Vanillesoße. In der Ferne entdeckte ich einen Berg. So etwas hatte ich bis dahin noch nie gesehen, nicht mal auf Bildern. Er wirkte wie die Skulptur einer Göttin mit mehreren Armen. In jeder Hand trug sie einen weißen Teller und vor sich ein großes graues Tablett. Genau auf dieses steuerte Alec zu.

Ich blickte zurück. Mein Gefühl sagte mir, ›da willst du nicht hin‹, doch das Warum erschloss sich mir in diesem Moment nicht.

Alec sank immer tiefer. Ich sah Calom schon als Mensch auf dem felsigen Boden stehen. Ohne Vorankündigung drehte Alec seine Pranke nach unten und ich fiel unsanft auf meinen Hintern.

»Arsch«, brummte ich und rieb mir über das Gesäß. »Das gibt einen blauen Fleck.«

»Du denkst zu menschlich, meine liebe Fi«, sagte er und streckte mir seine Hand entgegen. »Dein Gewebe ist robuster als das der Menschen.«

»Trotzdem hättest du mich vorwarnen können.«

»Du mich auch. Immerhin hast du mir fast die Schuppen herausgerissen.«

»Ich hatte ANGST!«

»Sie ist wirklich Aiedas Ebenbild«, sagte jemand.

Ruckartig drehte ich mich um. Etwa zwanzig Fremde hatten gerade mitbekommen, dass ich wie ein Dummerchen getragen werden musste und Alec mich als Weichei bezeichnet hatte. Ich wollte am liebsten sofort wieder weg von hier.

»Fenja, das ist Ramon, mein Vater und der Beschützer deiner Mutter.«

»Danke, Sohn, dass du mich an das Schlimmste erinnerst.«

»Was soll ich denn sonst sagen?«, brummte Alec und zog mich zu sich.

Seufzend nickte der Mann mit den dunkelblauen Haaren. Mein Verdacht verhärtete sich, dass die Schuppen- sowie

die Haarfarbe etwas damit zu tun hatte, welchem Element
ein Drache angehörte. Aber warum war unser Äußeres
tiefschwarz und schimmerte lediglich rötlich oder bläulich?

»Eine neue Zeit bricht an. Willkommen bei den Drachen
des Nordens.« Ramon senkte sein Haupt. »Wir haben viel
zu tun.«

Dass viel zu tun war, war eine glatte Untertreibung. Die Tage nach der Landung waren für meine Muskeln eine Quälerei. Noch mehr als während der Zeit in der Höhle. Statt dass ich mich weiter an die Verwandlung herantasten konnte, wie ich es mit Alec getan hatte, zwang Ramon mich dazu, Verteidigung zu erlernen. Doch nichts war schlimmer für mich, als Magie anzuwenden. Illusionen und Schutzschilde raubten mir nicht nur Kraft, mein Kopf schmerzte danach so sehr, dass ich mich übergab.

»Fenja, konzentrier dich!«, schrie mich Ramon an.

»Ich versuche es doch«, presste ich durch die Zähne hindurch. Bei ihm sah alles so leicht aus, eine Handbewegung, ein Schnipsen oder ein Wort, schon war sein Zauber gelungen. Er war ja auch damit großgeworden.

»Mach es besser«, fuhr er mich an.

»Vater ...«, hörte ich Alec.

»Nein, sie muss es lernen.« Ramon griff nach meinem Handgelenk und drehte es nach oben. »Denk ans Feuer!«

»Es reicht«, ging Calom dazwischen. Alec nahm mich in den Arm, während Ramon und Calom sich ansahen und man die Anspannung förmlich sehen konnte.

»Lass sie ausruhen und etwas zu sich nehmen«, brummte

Calom.

»Sie ist nicht schwach«, meinte Ramon.

Calom schnaubte. »Definitiv nicht, aber ungeübt. Es bringt auch nichts, sie bis zur Ohnmacht trainieren zu lassen.« Er zeigte auf mich. »Wenn du so weitermachst, kann sie bald nicht mal mehr laufen.«

»Ihr seid zu weich.«

»Es ist mir egal, wie du darüber denkst.« Calom nickte uns zu.

»Komm«, flüsterte Alec.

»Ich werde nachher mit dir den Nahkampf üben«, sagte Calom zu mir.

Ich hauchte nur ein »Danke«. Zum Lächeln fehlte mir die Kraft.

»Vater ist streng mit dir, weil er weiß, wie stark deine Mutter war, und weil er weiß, was in dir steckt«, erklärte Calom.

Alec brummte: »Das ist aber kein Grund, ihr so viel abzuverlangen.«

Calom schüttelte seufzend den Kopf. Er murmelte etwas, das ich nicht verstand, und ging davon. Alec und mir war aber klar, dass es sein Standardsatz gewesen sein musste: »Du bist als Beschützer zu weich mit ihr.«

Während ich eine Fleischbrühe schlürfte, saß Alec neben mir und starrte auf den Boden unserer Hütte. Ich stellte die Schüssel beiseite.

»Kannst du mir das noch mal erklären mit dieser Flamme?«, fragte ich.

»Du bist ...«

»Ja, die Hüterin, blabla. Das kenne ich schon. Aber wie kann man eine Flamme wegnehmen? Wie kann Olga sie so lange aufbewahren? Oder wie kann ich sie wieder an mich bringen?«

»Magie.«

»Tolle Antwort.«

»Fi, das schaffst du. Ich werde dir helfen.«

Ich grummelte mal wieder.

»Ich weiß es doch auch nicht genau. Vater ist da recht verschlossen. Er sagte nur, dass Olga deiner Mutter die Flamme genommen hat, sie aber nicht verwenden kann, da du schon geschlüpft warst.«

Ich nickte. Anscheinend musste ich jemand anderen ausquetschen.

Das Metall in meiner Hand war schwer. Was Calom locker mit einer Hand hielt und kunstvoll durch die Luft wirbelte, konnte ich kaum in zweien halten. Ich saß am Rand der Trainingsebene, einer der wenigen, die überdacht waren, und versuchte nur konsequent, das Schwert in die Luft zu heben, während Alec sich seinem Bruder gegenüberstellte und ihn herausforderte.

Calom wirkte belustigt. Ich hingegen war stolz auf meinen Beschützer, weil er mich stoisch verteidigte. Wie ich hielt er das Schwert mit beiden Händen fest umklammert. Schweiß hatte sich auf seiner Stirn gesammelt. Die Atmung ging stoßweise. Bei jedem Schritt knirschte das Geröll unter seinen Füßen. Sich allein hätte er bestimmt locker verteidigen können, aber wenn er gleichzeitig auf mich aufpassen musste, stieß er an seine Grenzen.

»Komm schon, lass es sein«, sagte Calom.

»Nein«, keuchte Alec stur.

»Lass es sein, es reicht für heute«, mischte ich mich ein. »Mir tun meine Arme weh.« Ich wollte aufstehen.

»Fi!«, rief Alec aus, als mein Arm nachgab und ich im Schnee landete. Er eilte zu mir und half mir auf. »Calom hol ...«

»Nein«, flüsterte ich, »mir geht es gut.«

»Bring sie in eure Hütte«, befahl Calom.

Alec hob mich hoch. »Keine Widerrede.«

Ich konnte nur nicken, zu mehr hatte ich auch keine Lust.


Es war nicht das letzte Mal, dass Alec mich zur Heilerin brachte oder ins Bett trug. Ich war kurz davor aufzugeben und alles hinzuschmeißen. Das Einzige, das mich hielt, war Alec. Dass ich das mal sagen würde!

Sie nahmen ihn so hart ran, dass ich es gar nicht fertig brachte, einfach zu gehen. Er machte sich zwar um einiges besser als ich, aber gegen fünf bis zehn andere Drachen sah es halt auch nicht leichter aus. Oft saß er da und hatte nicht mal die Kraft, sein Lächeln aufzusetzen, wenn ich mich zu ihm gesellte.


Die folgenden Wochen waren hart und ich glaubte nicht mehr daran, dass ich es je hinbekommen würde. Ich entschied, Alec zu bitten, mich woanders hinzubringen. Ich war kein Drache.

Ich fand ihn auf einer der höheren Ebene. Wegen des Trainings lag hier weniger Schnee, sodass es Stellen gab, wo grauer Stein zum Vorschein kam. Was ich sah, als ich die

Ebene erreichte, ließ mir den Atem stocken. Alec hockte in Menschengestalt auf dem Boden und hielt sich den Bauch. Drei blaue Drachen flogen wie Aasgeier um ihn herum. Mäuler schnappten nach seinem Kopf, und Krallen malträtierten ihn. Nicht schlimmer als nötig, als machten sich die drei einen Spaß daraus.

Alec stand mühsam auf und sein verkrampftes Gesicht sagte mir, dass er Schmerzen hatte. Mein Blick ging zu den Drachen. Wieder stürzte sich einer auf Alec und zwang ihn in die Knie. War das noch Training? Ich biss mir auf die Lippen. Als der nächste Drache nach Alec schnappte, entschied ich zu handeln. Es war mir egal, dass eigentlich er mich beschützen sollte. Auch, dass ich ihnen zu menschlich war.

»Alec«, rief ich, als er vollständig zu Boden ging.

Ich rannte los. In mir kochte die Wut. Ein Gefühl, als ob Hitze über meine Haut glitt und sich die Wut einen Weg aus meinem Inneren bahnte. Ich wollte schreien, dass sie sich doch jemand anderen suchen sollten, mit dem sie so umgehen konnten. Aber aus meinem Mund kam nur ein Brüllen. Ich wurde größer und schneller, stellte mich über Alec. Es war mir egal, was sie über ihn dachten. Sie waren zu weit gegangen, und sollten sie ihm wehtun, würde ich sie angreifen. Auch wenn ich wusste, dass ich noch weniger Chancen gegen sie hätte als er.

Einer der Drachen brüllte mich an. Warum verstand ich seine Gedanken nicht? Oder sagten sie nichts zu mir? Meine Klauen gruben sich kurz vor Alec in den Schnee.

»*Na los, greift mich an!*«, schrie ich ihnen in Gedanken zu. Erneut kam Gebrüll aus meinem Maul. Erstaunt blickte ich auf meine Füße. Da standen fette Drachenpranken auf der Ebene. Und sie gehörten mir!

»Fi«, keuchte Alec. Er klang stolz und zugleich geknickt. Das machte mich noch wütender. Aus meinem Rachen kam mein nächstes Gebrüll, endete in einer Rauchwolke, und beim nächsten Atemzug spie ich Feuer. Die Luft roch nach verbranntem Fleisch.

Erschrocken klappte ich das Maul zu. Das hatte ich nicht geplant. Ich wusste ja bis eben nicht mal, dass ich es konnte! Schon wieder passierten Dinge mit mir, die außerhalb meiner Kontrolle lagen.

Schwer atmend senkte ich den Kopf. Ich spürte, wie Alec meine Flanke berührte. »Wow, Fi.«

»*Hilf mir!*«, flehte ich. Alles in mir brannte und ich fühlte mich wie in einem Gefängnis.

»Äh ja, entschuldige. Atme ruhig. Denk an deine menschliche Form.«

Ich dachte an mich, meine Narben, die helle Haut. Bei Alec hatte das immer so leicht ausgesehen. Vielleicht konnte der Wind meine Schuppen wie Federn davontragen. Ich wünschte es mir so sehr. Stattdessen schlug plötzlich eine Stichflamme in den Himmel. Erschrocken vor mir selbst stolperte ich und fiel in Alecs Arme.

In seinem Gesicht lag Bewunderung. »Ich habe noch nie gesehen, wie sich ein Feuerdrache verwandelt. Beeindruckend.«

Ich schluckte und räusperte mich. Mein Blick fiel auf meine Hände, sie waren wieder da.

»War ich ein …«

»Ja, du warst ein Drache und so schön.«

»Wie sahen meine Schuppen aus?«

Er lachte und setzte sich neben mich. »Schwarzblau.«

Mein Blick glitt zu seinem Bauch. »Warum haben die das gemacht?«

Er zuckte mit den Schultern und ließ sich auf die Erde neben mir nieder. »Aber eines ist sicher, sie werden es nie wieder versuchen.«

Die schwarzen Steine dampften immer noch. Ich fühlte mich elend, doch auch irgendwie stolz auf mich selber. Meine Finger glitten über meinen Hals, er tat mir etwas weh. War das immer so?

Mir fiel eine breite Schleifspur ins Auge und ich folgte ihr mit meinem Blick. Der Geruch nach verbranntem Fleisch fiel mir wieder ein. Ich hatte einen der Drachen erwischt? Wann war er weggebracht worden?

»Und was ist mit ihm? Lebt er noch?« ,fragte ich panisch. Ich wollte nicht seinen Tod verursacht haben!

»Er lebt, wird aber einige Blasen haben.«

»Du nimmst das sehr gelassen!«

»Liebes, sie hatten auch kein Mitleid mit mir.«

»Zu menschlich?«

Er nickte nur.


Ich saß bei Alecs Familie am Feuer. Sarah, die Mutter der beiden Jungs, brachte jedem ein Stück Fleisch. Roh natürlich. Allein bei dem metallischen Geruch von Blut zog sich mein Magen zusammen. Manchmal hielt ich mein Stück Fleisch deshalb ins Feuer. Auch wenn man das hier nicht gerne sah. Mich nervten ihre Blicke ehrlich gesagt langsam, aber das war ich ja schon vom Waisenhaus gewohnt, und darum machte ich erst recht, was ich wollte.

»Ich hole dir mal Gemüse«, flüsterte Alec mir zu. Dankend nickte ich. Ich war eben zu menschlich, als dass ich mich wie ein richtiger Drache verhalten hätte. Da war das Essen auch keine Ausnahme.

»Und, hat es geklappt?«, erkundigte sich Sarah nach einem weiteren Training. Das mit der Verwandlung und dem Feuer war so eine Sache. Während Ersteres auf Befehl so ab und zu klappte, wollte das Feuer nicht wieder aus meinem Maul.

»Nein«, antwortete Calom und vergrub die Zähne in seinem Fleisch. Mich schüttelte es, als ich sah, wie ihm das Blut aus den Mundwinkeln lief. Mit dem Handrücken wischte er es weg.

»Schon merkwürdig«, sagte sie.

Alec reichte mir Karotten und setzte sich wieder neben mich.

Ramons Antwort triefte vor Sarkasmus: »Spätestens, wenn Alec in Gefahr ist, wird sie ihr Feuer benutzen können. Dann kann wenigstens einer euch beschützen.«

Alec blickte auf seine Füße, doch vor mir konnte er seinen Schmerz nicht verbergen. Ja, er war nicht der Stärkste und vielleicht hatte er einiges falsch gemacht in seiner Rolle als Beschützer, aber jetzt war er für mich da. Davon abgesehen, hatte ich ohnehin nur im Affekt gehandelt. Möglicherweise würde er dasselbe tun, wenn es so weit kam. Ich beugte mich zu ihm.

»Ich glaube an dich«, sagte ich leise zu ihm, woraufhin er traurig lächelte.

Immer öfter gingen wir beide allein auf eine der höheren Ebenen. Dort türmte sich auf der kreisrunden Fläche der Schnee so hoch, dass die Felswand am Rand nicht mehr zu sehen war. Deswegen waren die höheren Ebenen meist leer. Ich war gern mit Alec dort. Er hatte ein ganz anderes Gespür für die Dinge als sein Vater. Calom kam dem schon näher. Aber ich mochte es lieber, mit Alec allein zu sein. Manchmal lagen wir einfach nur da und schauten in die Sterne. Oder wir redeten über die Zeit, die wir nicht zusammen verbrachten.

Wir stellten auch fest, dass ich Dinge einfach instinktiv tat, und nicht dann, wenn es jemand von mir verlangte. Wollte ich, dass wir alleine waren, so erschuf ich unbewusst eine Schutzmauer um uns, die andere ab und zu zur Verzweiflung brachte.

»Alec?«, rief jemand über die Ebene.

Wieder einmal suchten sie uns. Weder Alec noch ich machten Anstalten, uns zu erheben.

»Komm ins Lager«, brummte die Stimme, die ich als die von Ramon identifizierte.

Es war gar nicht so leicht, sich das Lachen zu verkneifen. Ich drehte mich auf den Bauch und ich sah, wie Ramon die

Ebene über den Abhang am Berg verließ.

»Sollen wir?«, fragte Alec mich leise.

»Nein, Uma hat gesagt, heute ist die Nacht der Sternschnuppen.«

Er lachte und zog mich näher an sich. Uma war die Einzige, die ich neben Alec und Calom in diesem ganzen Haufen von Drachen leiden konnte.

»Ist dir kalt?«

Ich schüttelte den Kopf. Seit meiner ersten Verwandlung war ich weniger empfindlich, zwar nicht so wie ein normaler Drache, aber ich fror nicht mehr so schnell wie früher.

»Kannst du eigentlich so hoch fliegen, dass du die Sterne berühren kannst?«, fragte ich ihn.

»Das ist unmöglich.« Alec schmunzelte und seufzte. »Aber ich wäre gerne größer, vielleicht könnte ich ihnen dann zumindest näherkommen. So wie dir.«

»Größer«, rief Alec mir zu. Ich kreiste als Drache um seine menschliche Gestalt, die sich wie ein Hochhaus vor mir in den Himmel schraubte. Wenn ich nicht gewusst hätte, dass er eigentlich da unten auf der Ebene stand und nur eine Projektion bewegte, wäre ich aus Angst abgehauen. So aber machte es sogar Spaß. Immerhin hatte ich die Illusion erschaffen. Mit meinen eigenen Gedanken!

»Du kriegst mich nicht«, zog ich ihn auf.

»Warte nur ab.«

Als mir seine Hand näher kam, ließ ich die Illusion schrumpfen.

»Hey«, beschwerte er sich.

Ich landete vor ihm und schmiegte meinen Kopf an seinen. »*Du willst gigantisch sein?*«

Alec grinste breit, was ich als Zustimmung verstand.

»*Dann versuch, mich zu fangen.*«

Er wurde immer größer, während ich meine Flügel bewegte so schnell ich konnte, um ihm zu entkommen. Der Wind verriet mir, dass er seine Finger nach mir ausstreckte. Ich flog eine Kurve und verließ die Ebene. Schwere Fußtritte stampften mir nach. Alec sah alles von hoch oben und machte auch so große Schritte. Erst wenn er durch Bäume hindurchging und sich das Bild verzerrte, fiel auf, dass seine Riesengestalt eine Illusion war. Es ärgerte mich, dass ich das nicht besser hinbekam. Trotzdem war ich stolz auf meine Fortschritte.

Plötzlich kam Calom in Drachengestalt auf mich zugestürzt und drückte mich zur Seite.

»*Spinnst du?*«, fuhr ich ihn an.

»*Riese!*«

»*Das ist Alec.*«

»*Alec?*«

»*Dein Bruder.*«

Irritiert wandte sich Caloms langer Hals von Alec zu mir. »Hättet ihr nicht etwas weniger Gefährliches erschaffen können?«, brummte er.

Bevor ich antworten konnte, kamen weitere Drachen über die Ebene geflogen. So schnell wir konnten, schnitten Calom und ich ihnen den Weg ab. Calom brüllte sie an und ich ließ Alec wieder zu sich selbst werden. Beim Landen knurrte ich die anderen Drachen an.

»Was fällt dir ein?«, schnauzte mich Ramon an. Sein

blaues Haar hing ihm wild in sein Gesicht.

»Wolltest du nicht, dass ich meine Fähigkeiten trainiere?«, keifte ich zurück.

Sein Kiefer war angespannt, er nickte nur und wandte sich ab. Gemeinsam mit den anderen stiefelte er davon.

Calom landete neben uns und verwandelte sich zu einem Menschen. »Ihr beide solltet mit euren Spielen vorsichtiger sein.«

Die Stichflamme ließ meine menschliche Gestalt erscheinen. »Danke dir«, sagte ich zu Calom und richtete mein Haar.

»Wir stehen in deiner Schuld«, meinte Alec.

»Nein. Tut ihr nicht.«

Alec legte seinen Arm um mich und schaute Calom erwartungsvoll an. »Willst du auch mal wie ein Riese aussehen?«

Calom schüttelte lachend den Kopf. Ich mochte Alecs Bruder zunehmend. Die beiden standen zueinander, egal was passierte. Es war auch nicht das erste Mal, dass Calom uns aus der Patsche half. Mit Ramon war es da schon anders. Er konnte mich nicht leiden und ich ihn nicht. Sein Training bescherte mir jedes Mal Muskelkater und sein grimmiges Gesicht eine Gänsehaut. Es gab Dinge, an die konnte und wollte ich mich einfach nicht gewöhnen.

Einen positiven Effekt hatte mein impulsives Verhalten: Sobald die anderen merkten, dass ich sauer wurde, gingen sie uns lieber aus dem Weg. Brandwunden von einem Feuerdrachen zu bekommen, war schmerzhaft und zog einen sehr langsamen Heilungsprozess nach sich. Dass sie mich mieden, freute mich innerlich. Schon im Waisenhaus war ich lieber allein gewesen, jetzt bekam ich zumindest respektvollere Blicke als damals.

»Sag mal, Calom ...«, fing ich an. Wir drei saßen auf der höchsten Ebene. Es war bereits dunkel und die Sterne leuchteten über uns. Zu lange hatte ich das Thema schon aufgeschoben. Ich musste unbedingt mit jemandem darüber reden. Alecs Version kannte ich ja und Ramon wollte ich nicht fragen. Er wurde mir immer unsympathischer und etwas in mir weigerte sich, ihm ganz zu vertrauen.

»Was ist denn?«

»Was weißt du über den Tod meiner Mutter?«

Er wischte sich über das Gesicht. »Im Grunde weiß es keiner. Deine Mutter war stark.« Er blickte zu mir. »Ich kann mich aber noch erinnern, wie ich es erfuhr. Es hat sich mir eingebrannt.« Er schloss die Lider. »Vater kam mit Alec wieder. Er meinte, dass Aieda ihn weggeschickt hätte, weil ihr euch verbunden hattet.«

Alec drückte mich an sich, seine Traurigkeit war zu spüren. Ich hörte ihn schwer schlucken.

»Und dann?«, wollte ich wissen.

Calom sah seinen Bruder an. »Dein Liebster hat geschrien, fürchterlich getobt, dass dir etwas passiert sei.« Der sonst so starke Kriegerdrache wischte sich eine feuchte Spur aus dem Gesicht. »Ich hätte nicht hinterher gedurft, aber ich bin es, sah Vater über ihrem Leichnam hocken. Sie war kalt wie Eis, vollkommen erfroren. Und jemand hatte ihr brutal das Herz herausgerissen.«

Komischerweise trafen mich seine Worte nicht so sehr,

wie ich erwartet hatte. Mir war nur nicht klar, ob das daran lag, dass ich meine Mutter im Grunde nicht gekannt hatte, oder daran, dass ich doch drachenhafter wurde.

»Was geschah danach?«

»Nichts. Das ist der Punkt, den ich bis heute nicht verstehe. Er sagte zu uns, du seist noch am Leben und wir müssten warten, bis du erwachsen wärst.«

»Du warst in der Höhle, wo sie gestorben ist, nicht wahr? Hast du irgendwelche Gerüche aufgeschnappt?«, fragte ich ihn.

»Nicht, dass ich mich erinnern könnte. Warum fragst du?«

»Weil Schwester Olga einen eigentümlichen Geruch von Weihrauch und Minze mit sich trägt.«

Calom zuckte mit den Schultern. »Tut mir leid. Kann ich dir nicht sagen. Jedenfalls fing es danach an zu schneien und hörte nicht mehr auf.«

»Und ich kann diese Flamme, die sich im Waisenhaus befindet, nutzen, um wieder Frühling werden zu lassen?«

»Ja ...«, sagte Calom, doch es klang unsicher.

Alec beugte sich vor. »Was verheimlichst du?«

Calom blickte zu mir. »Ich weiß nicht, aber ich habe das Gefühl, das die Flamme gar nicht im Waisenhaus ist. Ich denke eher, sie ist in dir, Fi.«

Ich runzelte die Stirn.

»Die Verbrennungen, die du den andern im Training zufügst, sind weitaus schlimmer als von normalem Drachenfeuer. Und ich habe schon einige gesehen.«

»Das werden wir wohl erst erfahren, wenn wir zurück zum Waisenhaus gehen«, sagte Alec.

Weder verneinte noch bejahte ich es, für mich waren einfach zu viele Fragen offen. Hatte Calom recht? Könnte die Flamme wirklich in mir sein? Oder war mein Drachenfeuer vielleicht nur so stark, weil ich die Hüterin war? Zurück ins Waisenhaus musste ich so oder so, das war mir klar. Ich brauchte Antworten von Olga.

13

»Bald bist du volljährig«, sagte Alec. Die Bettdecke raschelte. Unsere Hütte lag im Dunkeln, obwohl die Sonne schon unterwegs war.

Mein Blick ging zu ihm. Ich wusste inzwischen, dass mein wirklicher Geburtstag im Frühjahr war und nicht im Herbst, wie Schwester Olga es mir immer weismachen hatte wollen.

»Und?«

»Dann wirst du noch beeindruckender sein.«

»Und dein Vater will gegen Olga in den Krieg ziehen.« Ich stand auf und zog mir ein Shirt an.

»Willst du nicht deine Mutter rächen und deine Flamme wiederhaben?«

Alec war immer noch überzeugt, dass sich meine Flamme im Waisenhaus befand. Ich schlüpfte in meine Hose. Wie ich dieses Thema hasste.

»Alec, ich liebe dich. Aber ehrlich, ich sehe darin keinen Sinn.«

Ganz zu schweigen davon, dass einiges von dem, was ich gehört und gesehen hatte, immer noch zu widersprüchlich war. Was, wenn Calom recht hatte und die Flamme schon in mir steckte? War das Ganze vielleicht nur ein Rachefeldzug

90

von Ramon, weil er Mutter nicht hatte helfen können? Ich wusste es nicht und bevor ich nicht die Wahrheit erfuhr, wollte ich Olga nicht wehtun.

Seufzend drehte Alec sich auf den Rücken. Dabei glitt die Decke tiefer und der Kratzer auf seinem Bauch kam zum Vorschein.

»Willst du dich weiter hier verstecken?«, fragte er.

»Ich bin der letzte Feuerdrache, laut deinem Vater.«

Was ich auch nicht so ganz glauben konnte. Calom hatte erzählt, dass er einmal einige gesehen hatte, die auf der Durchreise waren. Als ich ihn gefragt hatte, wo diese Feuerdrachen jetzt wären, hatte er mit den Schultern gezuckt.

»Was bringt es mir, für etwas zu kämpfen und dich dabei zu verlieren?«, sagte ich jetzt zu Alec.

»Olga wird aber keine Ruhe geben, bis sie dich hat.« Er stand ruckartig auf und zog mich zu sich. »Ich will nicht, dass du stirbst. So etwas wie damals will ich nicht noch einmal durchmachen.«

Ich lehnte meine Stirn gegen seine. In meinem Kopf ergab das alles keinen Sinn. Olga hätte so oft die Chance gehabt, mir wehzutun oder mich sogar umzubringen. Sie hatte es nicht getan. Sie war zwar nie die Netteste zu mir gewesen, aber auch nicht die Schlimmste. Ich konnte einfach nicht glauben, dass sie das Urböse sein sollte. Mächtig genug, um meine Mutter umzubringen. Und doch hatte sie mir nie ein Haar gekrümmt?

Ich hatte gesehen, was allein schon mein Drachenfeuer anrichten konnte. Olga war viel erfahrener als ich. Wenn sie wirklich meine Flamme gehabt hätte, wäre ich als Mensch ihr gegenüber chancenlos gewesen. Wieso also lebte ich noch? Immer mehr drängte sich mir das Gefühl auf, dass an der Geschichte etwas nicht stimmte. Ich hatte so oft gehört, wie stark meine Mutter gewesen war. Und Olga, diese alte Frau, sollte sie allein vernichtet haben?

Ich löste mich aus Alecs Umarmung. »Bevor Calom wieder hereinplatzt«, erklärte ich.

Er nickte. Inzwischen hatte ich auch begriffen, dass er meine Gedanken nicht lesen konnte, wenn ich es nicht zuließ. Aber ich spürte deutlich, was in ihm vorging. Im Moment war es eine Mischung aus Traurigkeit und Unwohlsein.

»Dein Bruder ist unser Freund.«

»Zu menschlich«, seufzte er.

Ich wusste, dass es in der Welt der Drachen so etwas wie Freundschaft nicht gab. Aber anders konnte ich die Beziehung zu Calom nicht beschreiben. Er war immer für mich und auch für Alec da. Bei dem Vorfall auf der Ebene hatte er die anderen Drachen bestraft. Ich wollte es Alec nie sagen, doch mein Liebster war nicht dumm. Manchmal kam es mir so vor, als ob wir drei gegen die anderen standen.

»Dann sage ich dir auf ganz menschliche Weise: Ich liebe dich.«

Gemeinsam mit Alec und Calom stand ich auf der höchsten Ebene und verfolgte den Lauf der Wolken am Himmel. In der Ferne verlor sich die Wolkenwand und verschmolz mit dem Horizont.

Den Schatten bemerkte ich nur aus dem Augenwinkel. Etwas schlug in meine Kniekehle, Klauen bohrten sich in meine Schultern und rissen mich zu Boden. Ein Gewicht presste mein Gesicht auf den kalten Stein. Schmerzerfüllt stöhnte ich auf.

Genauso schnell, wie er gekommen war, war der Schmerz auch schon wieder verschwunden. Ein paar Mal musste ich Luft holen. Als ich aufblickte, sah ich schwarzrote Schuppen. Alec hatte sich wie ein Schutzschild über mir aufgebaut. Ich hörte verschiedene Drachen brüllen. Innerlich fluchte ich und versuchte, mich aufzurappeln.

»*Geht es dir gut?*«, fragte Alec.

»Ja!«, rief ich aus.

Er trat beiseite und die Hitze erwärmte meine Haut. Ich musste nur einmal blinzeln, schon war ich in meiner Drachengestalt. Ich erkannte Ramon, der nach Calom schnappte. Dieser konnte aber mit einem Flügelschlag ausweichen.

»*Arsch!*«, fauchte ich und lief los.

Ramons Wasserstrahl konnte ich gerade noch ausweichen. Calom schubste seinen Vater mit dem Kopf zur Seite. Alec flog unter mir hindurch, drehte sich zur Seite und schlug mit seinem Schwanz gegen seines Vaters Beine. So leicht gab Ramon nicht auf und schlug mit seiner Klaue nach mir. Calom vergrub seine Zähen darin. Blut quoll aus seinem Maul und Ramon brüllte auf. Seine Zähne schnappten nach Alec. Ich bohrte meine Hörner in seine Brust. Dafür trafen mich seine Vorderklauen. Alec drückte mich weg.

»*Geht es?*«, fragte er mich.

»*Ja*«, gab ich genervt von mir.

»*Komm von oben*«, befahl Calom mir. Anscheinend hatte

er auch Alec eine Anweisung gegeben, da dieser sich zu seinem Vater wandte und Wasser auf ihn spie. Der Strahl traf Ramon mitten ins Gesicht. Ich flog höher und verfolgte, wie Calom nur knapp die Flügel seines Vaters verfehlte.

»*Jetzt!*«, rief er aus.

Während ich in den Sturzflug ging, zog Alec seinem Vater mit dem Schwanz die Beine weg. Ramon landete auf der Seite. Ich legte meine Klauen auf seinen Kopf. Qualm kam aus meinem Maul.

Zu meiner Überraschung lachte er laut auf. »*Du bist so weit!*«

Diese Aussage machte mir Angst. Ich wollte Olga nicht angreifen, bis meine Zweifel beseitigt waren. Außerdem hasste ich Ramon dafür, dass er mich auf diese Weise geprüft hatte. Der Geruch von versengten Haarspitzen drang an meine Nase, als ich mich zurückverwandelte.

»*WIR* sind so weit«, betonte Calom.

. Dankbar nickte ich ihm zu. Alec nahm meine Hand.

Sein Vater richtete sich auf. »Nein, das müssen die beiden allein machen.«

Calom presste sein Kiefer aufeinander und schüttelte den Kopf. »Vergiss es, ich lasse die zwei nicht allein gegen eine Magierin antreten. Ich gehe mit.«

Ramon funkelte seinen Sohn böse an. »Du bleibst, ich werde Aieda rächen. Dich brauche ich hier.«

Immer wieder verkrampften sich Caloms Hände zu Fäusten.

Ich zog eine Augenbraue hoch und verschränkte meine Arme vor der Brust. »Und was ist«, fragte ich Ramon, »wenn ich dich gar nicht dabeihaben will?«

Ramon schnaubte. »Dir bleibt nichts anderes übrig, kleine Hüterin.«

Ich machte einen Schritt auf ihn zu. »Ich bin klein, aber ich bin gewaltig.« Ich bohrte meinen Finger auf seine Brust. »Also leg dich nicht mit mir an.«

»Das, was dich da erwartet, ist um einiges stärker als Klauen und scharfe Zähne.«

Alec machte einen Schritt nach vorne. »Aber ihr Feuer ist mächtiger und Olga erwartet uns ja nicht. Wir schaffen das allein.«

Ich wollte widersprechen, aber Calom legte seine Hand auf meine Schulter.

»Er hat recht.« Leicht schob er mich so, dass er meinem Blick begegnen konnte. »Macht euch fertig.«

»Aber …«, begann ich, wollte sagen, dass ich mich seinem Vater nicht beugen würde.

»Überraschungsmoment.« Es brauchte nur ein Zwinkern von Calom und ich begriff seinen Plan. Da geriet es uns wieder zum Vorteil, dass ich mich so gut mit ihm verstand.

»Komm, Alec, wir haben einen weiten Weg«, sagte ich zu ihm.

Er nickte nur. Ich drehte mich um und verließ die Ebene. In unserer kleinen Hütte setzte Alec sich auf das Bett.

»Wir werden es schon schaffen«, meinte ich.

Er atmete tief durch. »Ich glaube nicht, dass ich dich wirklich beschützen kann.«

»Selbstzweifel sind jetzt unangebracht.« Ich nahm neben ihm Platz. »Alec, du bist ein guter Kämpfer und stehst mir zur Seite.«

»Aber Calom …«

»Nein, er ist er und du bist du. Jeder von euch hat seine Stärken. Ja, er hat die Kraft, aber du bist flinker und hast ein tolles Gespür dafür, genau das Richtige zu tun, wenn es nötig ist.« Ich stand auf und hielt ihm die Hand hin. »Davon abgesehen brauche ich dich doch für mein Feuer.«

Er lächelte, auch wenn er versuchte, es zu unterdrücken.

»Können wir?«, fragte Calom hinter mir.

Alec runzelte die Stirn. Aber als sein Bruder zwei Stöcke auf das Bett legte, dämmerte auch ihm, was Calom vorhatte. Ich beherrschte schließlich mächtige Illusionen. Kurze Zeit später lagen zwei schlafende Abbilder von Alec und mir auf dem Bett.

»Du kommst mit?«, fragte Alec seinen Bruder.

»So ist der Plan.«

Die beiden starrten sich an.

Ich griff nach Alecs Hand. »Ich vertraue ihm wie dir.«

Alec verdrehte die Augen, nickte aber.

Im Schutz der Dunkelheit landeten wir am Leuchtturm vor dem Waisenhaus. Niemand würde nach Schwalben Ausschau halten. Zumindest hofften wir das. Gerade als wir zur Landung ansetzten, fing es an zu schneien. Ich rieb mir meine Arme, während Calom am Rand des Leuchtturms zum Waisenhaus hinüber sah.

»Was hast du vor?«, fragte ich Alec, der gleich zum Haupttor loslief.

»Na rein, deine Flamme holen und wieder hierher, um ihn zu entzünden«, sagte er und wies zum Haus und dann hinauf zum Lampenhaus des Leuchtturms.

Calom schnaubte. »Klar, zeig der Magierin doch gleich, dass Fenja sich in der Nähe befindet.«

»Wir warten, bis alle schlafen«, bestimmte ich. Calom stimmte mir zu.

»Aber ich kann doch ...«, begann Alec.

Calom griff nach seinem Arm. »Nein, Alec du verzauberst keinen in diesem Haus! Jetzt da hineinstürmen ist zu gefährlich. Wir warten. Besser, wenn keiner etwas mitbekommt.«

Alec sah zu mir. »In Ordnung.«

Wir warteten bis weit nach Mitternacht und flogen ein paar Runden als Schwalben getarnt um das Waisenhaus einschließlich der Kirche. So gut wie alle Fenster waren dunkel. Vorsichtig landeten wir an einem Seiteneingang. Da ich keine Ahnung hatte, wo Olga die Flamme versteckt hielt, und Alec es auch nie herausgefunden hatte, beschlossen wir, Olga selbst zu suchen.

Wir liefen leise die Stufen hoch zu dem Trakt, in dem sich ihr Quartier befand. Das Vorzimmer lag dunkel und verlassen da. Nur der Mond warf sein Licht durch das Fenster herein. Als ich zum Schlafzimmer schlich, knarrte eine Diele. Mein Herz schlug schneller, immer wieder sah ich hinter mich, doch da waren nur wir. Einsam und verlassen standen da nur am Fenster Olgas Schreibtisch und an beiden Wänden die Schränke mit den Akten. Gerade als ich die Tür zum Schlafzimmer öffnen wollte, knallte die hinter uns zu.

Erschrocken drehte ich mich um und blickte direkt in Olgas herablassende, tadelnde Augen. Mein Herz machte einen Sprung und pochte wie wild in meiner Brust. Mit einem Kratzen zog Calom sein Schwert. Alec stellte sich vor mich.

Enttäuscht schüttelte Olga den Kopf. »Was willst du hier? Denkst du, ich bin hier allein? Oder willst du gegen uns alle ankämpfen?«

»Ich will ...«, kurz stockte ich. Waren noch andere Magier hier? »Die Wahrheit. Die bist du mir schuldig.«

»Ich schulde dir gar nichts. Ich habe dich aufgenommen. Du widersprichst seit Jahren, stellst dich gegen sämtliche Regeln. Du bist einfach gegangen. Wieso denkst du, habe ich das so lange überhaupt hingenommen?«

Caloms finsterer Blick war auf Olga gerichtet. Auch Alec wirkte angespannt.

»Gut, dass du das ansprichst. Warum hast du das getan, willst du mich töten?«, sagte ich.

Olga lachte. Ich sah zu Alec und Calom, beide wirkten genauso verwirrt wie ich.

Olga beruhigte sich wieder und ihr Blick war erneut wie Eis. »Wenn ich das hätte tun wollen, hätte ich nicht gewartet, bis du erwachsen bist oder deine Kraft bekommst.« Sie blickte zu Boden. »Schon als du vor meine Tür gelegt wurdest, war mir klar gewesen, dass deiner Mutter etwas passiert war. Ich konnte nicht anders, als dich aufzunehmen.«

»Was hast du mit meiner Mutter zu tun gehabt?«

Sie kam auf uns zu. Bei jedem Schritt, den sie tat, hoben Alec und Calom ihre Waffen ein Stück weit höher. Beide drückten mich weiter Richtung Fenster und Schreibtisch. Doch als Olga sprach, hörte sie sich traurig an: »Ich bin in ihrem Nest aufgewachsen. Wir waren wie Schwestern. Wegen deiner Mutter habe ich dieses Waisenhaus hier überhaupt gegründet.«

Calom schnaubte. »Schwestern? Lachhaft! Vater sagte, Aieda traute niemandem.«

»Als sie noch ein Drachenkind war, war sie anders. Aber wie soll Ramon das wissen? Der interessierte sich schon immer mehr für sich als für alles andere.«

Olga hatte die Schlafzimmertür erreicht und drückte auf einen runden Stein daneben. Eine Geheimtür ging auf. Ich starrte das dunkle Loch an. Sicher war mir klar gewesen, dass das Haus einige Rätsel hütete. Doch ich war gefühlte Millionen Mal hier drin gewesen und nie hatte ich auch nur in Erwägung gezogen, dass deshalb nichts an dieser Wand stand, weil sich dort diese Tür befand.

»Willst du die Wahrheit? Dann komm mit!«, forderte Olga mich auf.

Ich verschränkte die Arme. »Warum sollte ich *dir* trauen?«

»Deine Herkunft, dein Wesen und deine Aufgabe habe ich dir verschwiegen, aber ich habe nie gelogen.«

»Weil man das ja nicht tut, in Gottes Namen!«

Kurz hoben sich ihre Mundwinkel. »Da ist sie wieder, die sarkastische Fenja.« Schwester Olga seufzte. Alle Überheblichkeit fiel von ihr ab und für einen Moment wirkte sie auf mich einfach resigniert. Als wäre sie am Ende einer qualvollen Reise angelangt und mit dem Ergebnis alles andere als zufrieden. »Also, willst du die Wahrheit oder weiterhin den Lügen glauben?«

»Warum nicht hier?«, fragte Alec.

»Weil ich ihr hier nichts zeigen kann«, meinte sie und trat in den offenen Rahmen der Geheimtür.

In mir tobte der Zwiespalt. Einerseits gab Ramon Olga die Schuld an allem. Andererseits hatte ich schon zuvor an seiner Aussage gezweifelt. Olga war nie eine liebe, freundliche Frau gewesen, aber eben auch nicht unmenschlich.

»Du kannst da nicht hinterher!«, knurrte Calom und stellte sich mir in den Weg.

»Ich muss, verstehst du das nicht?«

»Aber was, wenn das eine Falle ist, wenn da unten

andere Magier sind?«

Ich schluckte. »Wie soll ich denn sonst die Wahrheit erfahren?«

Alec legte seine Hand auf meine Schulter. Kurz dachte ich, dass er seinem Bruder zustimmen würde, aber er sagte: »Sie hat recht, wir sollten der Magierin nach.«

»Bist du jetzt völlig bekloppt geworden?«, fuhr Calom ihn an.

»Nein, aber ich glaube an uns. Und ich befürchte, dass sich Fis Flamme da unten befindet.«

Mir war klar, was jetzt in Caloms Kopf vor sich ging. »Okay«, sagte er. »Aber ICH gehe vor.«

Ich verdrehte die Augen. Es nervte mich. Obwohl er vermutete, dass die Flamme sich in mir befand, glaubte er nicht an meine Fähigkeit?

Alec meinte: »Du solltest mehr Vertrauen in Fi haben.« Ich lächelte ihn dankend an.

Ich tat langsame Schritte und bei jedem atmete ich tief durch. Alles war ungewiss, und doch wusste ich, dass ich Olga folgen musste. Bevor ich durch die Geheimtür schlüpfte, blickte ich zu Alec. Er nickte mir zu. Caloms Mimik war finster, aber auch er machte eine zustimmende Geste. Sie waren dicht hinter mir. Dankend schickte ich ihnen ein kurzes Lächeln.

Ich bückte mich und trat ins Dunkel. Bis hierhin drang der Mondschein nicht vor. Vorsichtig tastete ich mich immer tiefer in das Gewölbe hinein. Die Steine waren kalt und fühlten sich feucht unter meinen Händen an. Der muffige Geruch nach etwas Nassem war nur gerade so erträglich. Lediglich die Schritte, die vor uns hallten, gaben mir die Sicherheit, dass wir dem richtigen Weg folgten.

Wir erreichten einen Gang, der uns noch tiefer in den Berg hineinführte.

»Wo sind wir?«, flüsterte Alec.

Der Geruch von Erde und Wasser wurde immer stärker.

»Keine Ahnung«, antwortete ich.

Weit vor uns flammte plötzlich Licht auf.

»Ich gehe vor«, raunte Calom und tat es auch sofort. Das Schwert hielt er kampfbereit in seiner Hand. Die meine griff nach der von Alec. Ich wusste nicht, was kommen würde, und ich hatte Angst.

»Schutzschild«, flüsterte Alec so leise, dass ich es fast überhört hätte. Doch der Schimmer um uns verriet mir, dass ich schon längst eines erschaffen hatte.

Das Licht kam von mehreren Fackeln, die an einer Felswand angebracht waren und eine Höhle erhellten. Wegen des Geruchs dort kam es mir so vor, als stünde ich in einem Wald, nur ohne Bäume. Olga stand in der Mitte der Höhle auf einem Hügel, der von einem schmalen Bach eingerahmt wurde. Vier Obelisken standen fest in einem Quadrat und ragten bis zur Decke hinauf. Jeder war mit einem Symbol der Elemente verziert.

»Was ist mit der Wahrheit?«, rief ich Olga zu, während wir fast schleichend auf sie zuliefen. Dabei bemerkte ich an der Felswand hinter ihr ein anderes Symbol – einen weißen Halbkreis.

»Wenn ich es dir sage, wird keiner von euch mir glauben«, meinte Olga. Sie drehte sich zu mir um. »Berühr das Wasser ...«

»Sag es einfach!«, knurrte Calom.

Olga schüttelte den Kopf. Das hatte sie schon immer getan, wenn jemand sie nicht aussprechen ließ oder zu ungeduldig war. »Ramon hat Caloms und Alecs Eier ausgetauscht, um Fenja zu schaden.«

Während Alec lautstark schluckte, fauchte Calom sie an: »DU lügst!«

»Das hätte Mutter doch mitbekommen«, sagte ich und trat näher. »Und wie sollte mir das schaden?«

Mit dem nächsten Stritt berührte ich das Wasser. Es schoss in die Höhe. Erst dachte ich, Calom oder Alec wären dafür verantwortlich und wollten mich so am Weitergehen hindern, doch auf einmal erschien eine Vision vor meinen Augen. Ein blaues Ei und ein schwarzrotes Ei, beide trugen das Symbol des Feuers.

»Wer ist das?«, fragte ich.

»Du und Calom«, hörte ich eine traurige Stimme. Ich wusste nicht, von wem sie kam. Es musste ja Schwester Olga sein, da wir hier mit ihr alleine waren. Doch warum hörte sich die Stimme nicht nach ihr an?

Ich konnte mich noch erinnern, dass Alec in den Höhlen gesagt hatte, dass dieses Symbol nur auftauchte, wenn ein Hüter-Ei erschien.

Das Bild änderte sich, wurde zu blauen Eierschalen, die gegen ein schwarzblaues Ei ausgetauscht wurden.

»Alec und ich?«, fragte ich.

Die Eier leuchteten und die Wasserfontäne sank wieder in sich zusammen. Hatten wir die Farbe getauscht, um zu symbolisieren, dass wir zusammengehörten?

Olga stand da und musterte mich.

»Das ist gelogen!«, schrie Calom und wollte an mir

vorbei.

Ich hielt ihn auf. »Ich glaube ihr.«

Der Blick, den er mir als Antwort zuwarf, hätte jeden anderen zurückweichen lassen. Aber nicht mich und das war ein weiterer Beweis, dass ich diesem Bild glauben konnte.

»Denk doch nach. Ständig stellst du dich auf unsere Seite! Und wie oft hast du selbst schon gesagt, dass Alec zu sanft für einen Beschützer ist?«

»Wenn das schwarzrote Ei Fi war«, meinte Alec auf einmal, »warum ist ihr Haar dann nicht auch rotschwarz?«

Dieses Mal schüttelte Olga belustigt den Kopf. »Na wegen dir, so zeigen Drachen, zu wem sie gehören.«

»Warum bin ich schwarz?«, fragte ich.

»Das weißt du doch schon.« Langsam schritt Olga auf mich zu.

Mein Blick ging zu dem Halbkreissymbol an der Wand. Dann warf ich einen Blick über meine Schulter auf die Wand hinter mich. Dort prangte das gleiche Symbol, nur in Schwarz.

»Was bedeutet das?«, fragte ich und zeigte darauf.

»Das Zeichen der Hüter«, sagte Alec. »Gibt es weiße ...?« Seine Augen waren weit aufgerissen. Ich wandte mich Olga zu. Doch auf dem kleinen Hügel stand auf einmal ein Drache in Weiß mit einem leicht bläulichen Schimmer.

»Olga?«, quiekte ich. So hätte sie definitiv eine Chance gehabt, meiner Mutter gegenüberzutreten.

»*Hüter stehen über den normalen Elementen*«, hörte ich Olgas Stimme in meinem Kopf. »*Darum bist du schwarz.*«

»Aber Alec ist kein Hüter!«, sprach ich meinen Gedanken

aus.

Wasser umgab Olga, platschte zu Boden und sie stand wieder als Mensch da. »Er ist eine Rarität, ähnlich einem Albino-Tier – nur in schwarz. Eine genetische Mutation. Du hingegen wurdest von einem schwarzen Drachen geboren. Du trägst das Erbgut der Hüter in dir.«

»Illusionen, sonst nichts«, brüllte Calom.

»Calom«, sagte sein Bruder, »wie oft hast du selbst gesagt, ich sei zu schwach und zu nachgiebig mit ihr für einen Beschützer. Es würde erklären, warum wir drei so sind, wie wir sind.«

»Ihr glaubt diesen Scheiß wirklich?«

»Ja«, sagte ich. »Es erklärt unsere Freundschaft.«

Er presste seine Kiefer aufeinander. Ich wusste, wie er sich in diesem Moment fühlte. Im Grunde hatten sie ihn genauso angelogen wie mich. Ich hielt ihm die Hand hin. Er musterte sie und nahm die Geste an. Wir drückten kurz die Finger ineinander, dann blickte ich zu Alec. Er stand nur da und lächelte, ich fühlte, dass er erleichtert war. Es hatte ihn bedrückt, dass die anderen ihn für schwach gehalten hatten. Aber das war eben auch der große Unterschied: Alec nahm mich in den Arm, wenn ich fix und fertig war; Calom sagte einfach nur: ›Ruhe dich aus‹. Er hätte mich niemals angefasst, wenn es nicht zwingend notwendig gewesen wäre.

»Okay«, brummte Calom. »Aber es erklärt nicht, warum du Aieda angegriffen hast!«

Olga richtete sich auf. »Ich hätte ihr nie etwas angetan!«

»Wer dann?«

Sie schloss die Lider, dann blickte sie zur Decke hinauf.

War es jemand anderer aus dem Waisenhaus gewesen?

»Hör zu Fenja«, sagte Olga, »du bist die letzte Hüterin, die Flamme ist in dir. Sie erlischt nur, wenn es keine Flammenhüter mehr gibt.«

Ich wollte nachfragen, was sie damit meinte, da krachte unter dem weißen Halbkreis die Wand zu Boden. Brocken rollten zum Wasser und graue Staubwolken nahmen uns die Sicht.

Alec war schon in seiner Drachengestalt und hatte sich vor mich gestellt. Olga schwebte in der Luft und hielt etwas Unsichtbares von ihrer Kehle fern. Diese Magie kam mir bekannt vor. Zu oft hatte Ramons Kraft mich getroffen. Überheblich grinsend stand er an dem entstandenen Loch, während andere Drachen aus dem Nest hineinstürmten.

»Calom!«, rief ich. Ich sprach nicht aus, was ich wollte, aber mir war klar, dass er es auch so wusste.

»Ja«, brummte es schon in meinem Kopf. Aus dem Augenwinkel sah ich, wie er auf die Angreifer zuflog.

»*Verwandle dich!*«, hörte ich Alec.

So weit war ich noch nicht. Ich suchte den Boden ab. Ein Stein. Mit aller Kraft warf ich ihn hoch und schon schimmerte mein eigenes Drachenabbild über mir in der Luft. Mit einem Schutzzauber umgeben sollte die Illusion mir die nötige Zeit verschaffen.

»*Sei vorsichtig*«, erklangen die Stimmen von Alec und Calom gleichzeitig in meinem Kopf.

Ich richtete meine Konzentration auf mich selbst, stellte mir vor, wie es sein musste, klein und unbedeutend zu sein. Das Fauchen und Brüllen um mich herum war dabei nicht gerade hilfreich. Ich durfte mich nicht in einen Drachen verwandeln; in dieser Gestalt wäre ich eindeutig zu groß. Als unscheinbare Schwalbe glitt ich unbemerkt an Pranken und Drachenbeinen vorbei. Ich konnte nicht mehr sagen, welcher Erzählung ich nun Glauben schenken wollte. Aber das spielte gerade auch keine Rolle. Es war mir egal, um was es nun wirklich ging. Das hier war kein Training, kein Test mehr. Nun musste ich um unsere Leben kämpfen.

Lachend stand Ramon in der aufgesprengten Maueröffnung. Kurz bevor ich ihn erreicht hatte, spürte ich meine Haut brennen und ließ die Verwandlung über mich kommen. Zu spät erkannte Ramon, was wir wirklich taten. Da bohrte ich schon meine Hörner in seine Brust.

Ich hatte gehofft, dass ihn dieser Angriff zum Aufgeben zwingen würde. Aber er wirbelte mich einfach durch die Luft und ich krachte mit dem Rücken auf die Steine. Schon war er über mir und sein Blut tropfte auf meine Nüstern.

»*Du hast keine Chance gegen mich. Oder denkst du wirklich, ich hätte dir schon genug beigebracht, um mich besiegen zu können?*«

»*Uns vielleicht nicht*«, brüllte Alec. Das Wasser des Baches wölbte sich wieder empor.

»*Das kannst du nicht ...*«, schrie Ramon.

»*Stimmt. Ich nicht, aber sie.*« Alec wurde zu einem Menschen und gab den Blick auf eine ganze Gruppe von Schwestern aus dem Waisenhaus frei. Eine nach der anderen nahm Drachengestalt an. Mir kam die Aussage von

Schwester Olga in den Kopf: ›gegen uns alle kämpfen.‹ Als sie zur Höhlendecke gesehen hatte, hatte sie die übrigen Schwestern gerufen. Hatte sie gewusst, dass Ramon kommen würde, oder hatte sie mir nicht vertraut?

»Fi, JETZT!«, schrie mir Alec zu.

Ich riss mein Maul auf und spie Ramon meine Wut entgegen. Er schleuderte eine Wasserfontäne auf mich zurück. Dampf nahm mir die Sicht.

Hatte ich getroffen? Lebte er noch? Würde er mich gleich angreifen? Ich hing irgendwo zwischen Wut und unendlicher Angst. Die Mischung trieb das Feuer aus meinem Rachen. Eine gigantische Stoßflamme schoss in den grauen Schleier vor mir hinein.

Der Geruch von verkohltem Fleisch drang in meine Nase. Ich konnte nicht mehr. Schwer atmend brach ich zusammen.

»Alles ist gut«, hörte ich Alec.

»Ruh dich aus«, sagte Calom.

Beide waren am Leben, doch sie klangen mitgenommen.


Schwester Andrea stand an meinem Bett, als ich wach wurde. Sie lächelte mich an.

Ich lag in meinem alten Zimmer. Die Lampe leuchtete. Hatte ich alles geträumt?

»Wie geht es dir?«, fragte Schwester Andrea mich. Ihre Stimme war sanft, was ich nicht von ihr kannte.

»Wo ist Alec?«, stellte ich eine Gegenfrage.

»Sie bereiten alles vor«, entgegnete sie. Ich runzelte verwirrt die Stirn.

»Wenn du dich bereit fühlst«, ergänzte sie und strich mir über die Stirn, »darfst du die Flamme entzünden. Es war lange genug Winter.«

»Dann habe ich nicht geträumt?«

»Nein.« Schwester Andrea stand auf. »Ramon hatte die anderen Drachen auf deine Mutter gehetzt. Sie sollten auch dich töten, du warst ein Baby und schutzlos. Zumindest dachte er das. Aber Calom und Alec hatten dir ihren Schutz schon gegeben. Ich habe dich hierher gebracht. Mir war klar, dass sie dich nicht beschützen konnten. Dafür waren sie damals selbst noch zu klein.«

»Dann ist jeder hier …?«

»Unter den Schwestern fast alle, doch unter den Kindern nur ein paar.« Sie atmete tief durch. »Ich weiß, dass es nicht ungeschehen macht, wie ich dich behandelt habe. Aber bedenke bitte, dass ich den Schein wahren musste.«

»Habt ihr mich deswegen nicht gesucht, als Alec und ich von hier weggingen?«

»Wir wussten immer, wo ihr wart. Meist war eine von uns in eurer Nähe.«

»Wer war es dann, der mich und Alec angriff?«

»Ich weiß es nicht. Schwester Olga sagte, wir sollten euch in Ruhe lassen, denn ihr müsstet euren Weg finden.«

»Dann hat Ramon auch das inszeniert?«

»Vermutlich.«

»Warum hat er das getan?«

Schwester Andrea stellte sich ans Fenster und starrte eine Weile ins Dunkel, so wie ich es oft getan hatte.

»Laut den anderen Drachenvölkern bist du ihm zu mächtig. Mit deiner Geburt ist das Gleichgewicht aus den Fugen geraten.« Ihr Blick ging zu mir herüber. »Ich vermute, es hat ihm nicht gepasst, dass sein Sohn nur ein

Beschützer geworden ist und nicht zu Höherem berufen war.« Sie schmunzelte. »Es war gewiss nicht sein Plan, dass ihr drei dadurch zu einer noch größeren Gefahr werdet.«

»Kann ich das wirklich, diese Flamme?«

»Oh ja, sie ist schon immer in dir. Erinnere dich daran, mit welcher Heißblütigkeit und mit welchem Feuer du deine eigene Meinung hier stets verfochten hast.« Sie strahlte mich an. »Und durch deine Menschlichkeit wird sich einiges ändern.«

»Bin ich menschlich?«

»Ja, dein Vater war ein Mensch.«

Schwester Andrea kam wieder zu mir und nahm auf meinem Bett Platz. »Fenja, du hast sehr viel Kraft in dir. Du bist zur Sommersonnenwende geboren.«

»Nein, im Frühling. Sagte zumindest Ramon.«

Sie schüttelte den Kopf. Was war überhaupt wahr an Ramons Geschichten?

Ich atmete tief durch. »Ich fühle mich aber nicht besonders. Eher kraftlos und …«

»Du bist weder allein noch kraftlos. Es ist in dir und das hast du auch bewiesen.«

»Ist Ramon …?« Ich traute mich nicht, es auszusprechen. Sie nickte.

»Was ist mit Schwester Olga?«

»Sie schläft, aber sie wird überleben.«

Plötzlich ging die Tür auf. Ohne Anklopfen. Das lernte Alec wohl nie.

»Na, Schlafmütze«, sagte er und kniete sich an mein Bett.

Schwester Andrea stand auf. »Bis gleich.«

Fleck.

»Ich bin erleichtert.«

»Zu menschlich.«

»Ich darf das.«

Er lachte auf. »Anders würde ich dich auch nicht wollen.« Er richtete sich wieder auf. »Komm, das Feuer will wieder leuchten!«

Lachend musste ich den Kopf schütteln. Er würde sich vermutlich nie ändern.

So gut wie alle Schwestern säumten den Weg. Neben mir liefen Calom und Alec. Immer wenn wir auf Augenhöhe mit einer Schwester waren, verwandelte sie sich in einen Drachen und senkte den Kopf. Alle waren sie in den verschiedenen Drachenfarben, ein paar von ihnen sogar weiß. Vorne standen die beiden Zwillinge, Tim und Justin. Eigentlich überraschte es mich nicht sonderlich. Sie hatten ähnlich wie ich den anderen Kindern im Waisenhaus auch nicht groß etwas abgewinnen können.

Der Leuchtturm, der für mich schon von Anfang an ein Mysterium gewesen war und dessen Geschichte mich so sehr interessierte wie fast nichts anderes, war nun mein Ziel. Meine Haut fühlte sich warm an und schon krallten sich meine Klauen in den Schnee. Auch Alec und Calom waren in ihre Drachengestalt gewechselt.

»*Du kannst das*«, sagten beide in meinen Gedanken.

Ich holte tief Luft.

»*Für meine Mutter*«, schrie ich, so laut ich konnte.

Das Brüllen wurde von der See verschluckt. Fest kniff ich die Lider zusammen, spürte, wie die Hitze meinen Rachen erwärmte. Ich flehte, dass es funktionieren würde. Schon spie ich die Flamme aus meinem Maul. Als ich aufsah, brannte ein Licht in der Mitte der Glaskuppel. Wie ein Ball aus Energie hing es in der Mitte des Lampenhauses. Das Licht malte kleine, funkelnde Kristalle auf die Schneedecke und strahlte weit über das Meer. Wärme kroch in den Raum, erhitzte den Steinboden, auf dem ich stand. Da wusste ich, dass ich mich richtig entschieden hatte.

# Über den Autor:

Ich bin Luna Day - eine verheiratete Mutter und Autorin mit Herz und Seele.

Mein Leben findet im Augsburger Land statt. Nach einigen Experimenten im Raum Deutschland zog es mich doch immer wieder zurück in meine Heimatstadt. Dort lebe ich mit meinen beiden Kindern und meinem Ehemann.

Durch Harry Potter und Role-Play-Games in Foren fing ich an, kleine und größere Geschichten, die ich im Kopf hatte, niederzuschreiben. Schon als Kind hatte ich eine große Phantasie. Aber erst vor ein paar Jahren wurde aus einem Zeitvertreib meine Leidenschaft. So habe ich

schon einige Texte zusammengetragen.

Momentan bin ich mit meinem ersten großen Projekt auf Verlagssuche. Aber ich drehe keine Däumchen. Einige Kleintexte konnte ich schon erfolgreich in Anthologien unterbringen.

Weitere Informationen zu mir findet ihr unter:

www.lunadayautorin.com

# Danksagung

Erst einmal möchte ich mich bei allen bedanken, die mich regelmäßig unterstützen. Ihr seid mein Halt und treibt mich an.

Also vielen Dank an: Tea Loewe, Katharina Maier, Beccy Charlatan, Viktoria Lubomski, Patrick Kaltwasser, Christine M. Brella, Nessa Hellen, Julia E. Dietz, ...

Meiner Familie möchte ich für die Unterstützung danken. Meinem Mann, weil er mir Zeit gibt zum Schreiben. Meiner Mutter, weil sie all meine Werke sammelt. Und meinen Kindern, die mich immer auf neue Ideen bringen.

# Lunas Geschichten

Auf den nächsten Seiten befinden sich Anthologien, in denen ich vertreten bin. Weitere findet ihr auf meiner Homepage:

LunaDayAutorin.com

# Infiziert – Wir gehen viral

## Anthologie für den guten Zweck
### Hg.: P. Kaltwasser & L. Day

Ein Flüstern aus fernem Lande. Plötzlich war es da:

Corona - das Virus, das die Welt ins Stocken brachte. Uns aber hat es inspiriert, Geschichten zu schreiben.

Sind unbekannte Krankheiten und damit verbundene Krisen neu? Nein. Wird es die letzte gewesen sein? Die Zukunft wird es zeigen.

Mit dieser Problematik beschäftigen sich unsere Erzählungen auf ernste, aber auch humorvolle Weise. Die Hauptfiguren kämpfen in unterschiedlichsten Szenarien um das Überleben von sich selbst und anderen: Vampire, die Menschen hamstern, um ihren Blutdurst zu stillen, eine Gestaltwandlerin mit Helferwunsch, ein Hamster mitten in der Coronakrise, eine Rolle Klopapier mit Staralllüren, Agenten im Afrika des 20. Jahrhunderts und vieles mehr. Lasst euch mit unseren Geschichten und Gedichten die Zeit versüßen. Bleibt gesund und passt auf euch auf.

ISBN: 9783751999878

# DazwischenGeschichten

Hg.: Katharina Maier

Schreiber und Sammler

9 Reisen durch Himmel, Welt und Hölle

Die „Schreiber und Sammler" präsentieren ihr erstes gemeinsames Buch. 9 Autoren, 9 Geschichten – Fantasy, Krimi, SciFi, Historisches, Satire und Traumhaftes. 9 Geschichten über das, was passiert, wenn Welten aufeinanderprallen – im Weltraum, im Wilden Westen, im Hier und Jetzt und überall dazwischen.

Schneewittchen klappert New York nach einem Kupferkessel ab, und eine Frau, die auch ein Jaguar ist, flieht vor ihrer eigenen Familie. Echte Raben suchen nach echtem Futter und nach Antworten. Eine Mutter ist spurlos verschwunden, und eine andere reist auf der Suche nach ihrem Sohn zu den Sternen. In Niemandsstadt begegnen sich ein Junge und ein Mädchen. Er weiß zu wenig, sie zu viel. Im frühen Rom und im Wilden Westen stehen Väter und Töchter vor ihrer schwersten Entscheidung. Was bedeutet Liebe? Was ist sie wert? Was tust du für deine Familie? Und sie für dich?

In der Hölle herrscht tote Hose, und wer an das Paradies glaubt, kann tun, was er möchte. Lass dich nicht hängen! Die Menschheit feiert die Utopie!

ISBN: 9783752662191